悪役令息ですが竜公爵の最愛です

ナツ之えだまめ

RB
幻冬舎ルチル文庫

CONTENTS ✦目次✦

悪役令息ですが竜公爵の最愛です

✦カバーデザイン＝久保宏夏(omochi design)
✦ブックデザイン＝まるか工房

イラスト・亀井高秀✦

悪役令息ですが竜公爵の最愛です

■プロローグ

その日、馬淵（まぶち）ナオは、珍しくふてくされていた。

「そりゃあ、坂下（さかした）先輩は男で、女性が好きなんだから、ぼくのことなんて、いくら見つめても、問題ないって思ったんでしょうよ」

ナオは二十五歳になったばかり。

中肉中背。

特徴は……特にない。会うのは三度目なのに「初めまして」と名刺を渡されてしまうくらいの、存在感のなさを自負している。

ここは、ナオがお気に入りのキャンプ場だった。自宅からは、父親所有のワゴン車にキャンプ道具をひょいと乗せれば、三十分ほどで辿（たど）り着く近さである。

湖畔にあるのも、いい。スタンドが必要だが、焚（た）き火が許可されているのも、燃える火好きとしては、ポイントが高い。

秋が深まりつつあり、オンシーズンから少々はずれているのと、平日なのとでテントを張っているのは自分以外では一組しかいなかった。快晴で風はなく、軽めのアウターと下はネルシャツにデニムでも、寒くはない。

「ふふっ、失恋旅にはぴったりだよね」

ほかの一組は父親と子どもで、湖の岸辺で長靴を履いて、釣りをしている。

ナオはやや大きめのロッジ型のテントを張って、タープという日除け(ひよけ)をセットしていた。

晩ごはんにはまだ早い。キャンプにもってこいの折りたたみ椅子(ディレクターズチェア)に腰掛けて、時折、薪(まき)を焚き火スタンドに足してやる。午後三時の光が、湖面を照らしていた。

「こっちは、恋愛初心者なんだよ。あんなふうに見つめられたら、もしかして、ぼくのことを好きなんじゃないかって思っちゃうよ」

ちょろい。ちょろい、ぼく。

「素直で正直、わかりやすいのが、おまえのいいところだろ」なんて、言ってくれる先輩が好きだった。いつも、物問いたげに自分を見ていた。その先輩が、真っ赤な顔をして「ナオ。俺、おまえに話、あんだけど」と言ってきた。

恋の告白！　そう思った。

返事はもちろんＯＫ！　のつもりで、どきどきしていたら。なんと、「俺、おまえの姉ちゃんのこと、好きなんだけど。どう思う？」と告げてきたのだ。

どうもなにも。

「い、いいんじゃないかな」

いいえ、いいんですよ。坂下先輩、いい人だし。

姉とうまくいってよかったですし。

いいんですけど。いいんだけど、でも、なんだかもやもやしちゃうんですよ。すっきりしないんですよ。どうにかならないもんですかね。

いや、どうにもならんな。

「わかってるんですよ。だから、ここに来てるんですよ」

ふっと、ナオは自嘲の笑みを浮かべる。

先輩に「おまえ見てると、姉ちゃんの顔を、ついつい思い出しちまうんだよな。あんまり似てねぇのに、不思議だよな」とか、言われてしまった。

えー、えー、えー……。そうだったんだ。「正直なのがいいところ」の言葉も、結局は、姉を落とすための布石だったんだ。そう思ってしまった。

世界で一番どうしようもない、価値のない人間になった気がした。

もとから、価値なんてなかったのかもしれない。派手で陽気な姉とは違い、地味でふつう、そのくせ、変なところで意地を張ってしまう。それが自分。目立たないのに、流されることさえ、できない。

「告白する前だったことが救いだよな」

自分さえ消化して黙っていれば、ふたりは幸せになれる。

わかっている。わかっているから、つらいんだ。あんなに大切にしていたものが、だれにも知られることなく、朽ちていくのが、きついんだ。

「ふっ」

キャンピング・テーブルの上に置いてある本に視線を落とす。

坂下先輩に、何にも考えないで読める本を貸してくれと言ったら、これを選んでくれたのだ。お話の世界では、なんの変哲もない主人公が、勇者になってあらゆる美女にモテモテだ。

「はは、いーよなー」

そうだ。この顔じゃなくて。誰もが振り向くような美少年になったら、坂下先輩も好きになってくれたのかな。

「ばっかばかしい」

いいんだ。もう、忘れるんだ。これは、練習！　縁がなかっただけなんだ。

次こそ、ほんとの恋をするんだ。

好きな人に、百パーセント、愛してもらうんだ。

「うん、決めた」

やっぱり、独り（ソロ）キャンプはいいなあ。気持ちがちょっと、落ちついてきたみたい。こういうの、「内観」っていうんだっけ？　自分の状況を見つめ直す、いい機会だったよ。

「よし」

続きを読もうとラノベに手を伸ばし、暗さに気がついた。

「なんで？」

午後三時すぎだ。いくらなんでも、日が暮れるのには早い。

「なになに、どうしちゃったの？」

空を見上げれば、黒雲が垂れ込めている。遠くに稲光が見えた。

「いや、なんか。けっこう、これ、やばい雰囲気？　なんか、魔王でも降臨しそう」

なんて、今読んでいるラノベの影響をバッチリ受けてる感じだけど。

親子のほうを見ると、とうに釣りをやめてテントに引っ込んでいる。そこから、小学五、六年生くらいの男の子がタタタと走り出してきた。

「おとうさーん、釣り竿忘れてるよー」

そう言いながら、彼は岩に立てかけてあった、カーボンの釣り竿に手を伸ばす。

じじじじ。

そこに火花のようにプラズマが走るのを、ナオは認めた。

「それ、さわっちゃだめだ！」

ナオは走り出した。

脳裏に、すごい速さで知識が走る。

――カーボンは電気を通しやすく、雷鳴が轟くときのみならず、雷雲が近いだけでも、湿気によってプラズマが発生し、ゆえに、カーボンの釣り竿は避雷針と同様で……。

「とにかく、離れてええええ！」

ナオは、男の子を突き飛ばした。

雷が自分に落ちるときって、ガラガラとかピッシャーンじゃないって初めて知った。ドン！　だ。

巨人に踏まれたみたいに、ドン！

衝撃が身体に走って、それから……——

そよ風にのるみたいに、どこかを漂っている。あら、ここは、天国かな。

「うう。もっと生きたかったよお！」

せっかく、先輩への想いを振り切る決心をしたのに。次の恋に期待していたのに。そのとたん、こんなことに。

——誰かの声がした。

「生きたいかい？」

死んだおじいちゃんの声かな。優しい声だ。

「うん、生きたい」

そう、答えた。だって、まだ、誰かに愛されていない。好きだって言われていない。偽りの、姉に対しての愛を勝手に誤解していただけだ。

「生きたいです！」

「そうか、そうか。だったらな、おまえにちょうど、ぴったりの身体があるからな」

これは夢なのかな。

そうして、気がついたら、温かいものに包まれていたんだ。

まだ、うまく目があかない。でも、これが毛皮なのはわかる。この、もふもふした感じ。息遣い。

――ああ、クロだ。

咄嗟にそう思った。

山田のおばあちゃんのところの大きな黒犬ちゃん。ボルゾイの血が入っているとかで、すごく大きいんだ。でも、お散歩好きで寂しがり屋で、撫でられるのが大好きなんだ。こうしてよく、身を擦り付けてきた。犬にはモテモテなんだよね、ぼく。

「おー、よしよし」

犬の巨体に手を回して、背中を撫でてやる。待って。クロにしても、大きすぎない？

「う、あ……？」

うわずった声があがった。

「……声？」

しっかりと目をあける。自分がしがみついているものは、どうやら、人間らしい。

「なんで？」

あ、そうか。さっき、雷に打たれたんだっけ。ということは、病院……じゃないな。どう考えても野外。曇った空が見えている。低い位置で仰向けに横抱きにされている。

こちらを覗き込んでいたのは、クラシックな服を着ている男の人だった。もふもふした感触は、彼が上に羽織っているマントが黒い毛皮だったからと知る。

——映画のロケかな？

黒い長めの髪に、ややいかつい、野性的な顔立ち。思わず見とれてしまう。

——かっこいい人だなあ。

こんな俳優さん、いたかな。それにしても、中世風の衣装がとてもよく似合っている。

「おまえ……」

そして、どうして自分は、キャンプ場じゃなくてロケ現場にいるの？　あれ？

「うう。なんだか、頭がくらくらするー」

そう言いながら、身を起こす。そして、周囲を見て、ぺたりと腰が抜けてしまった。

殺伐とした場所だ。六角形の柱がたくさん立っている。なんか、こげ臭い匂いがしていて、すすけている。石畳みたいな地面は穴だらけで、人は倒れているし、動物らしき白骨も多数、転がっている。

「ここどこ？　あれ？　おじいさんは？」

湖はもちろんない。周囲をもっとよく見ようと瞬きするたびに、違和感がある。なんだか、まつげの勢いで風が起こるのだ。邪魔だな、このまつげ。

「なにこれ、ひどい」

思わずつぶやくと、片膝を突いてこちらを見ていたその男性は、「はあ」とため息をついて、こう言った。

「やったのは、おまえなんだが……」

思わずナオの口からは、「ぴゃっ?」と変な声が出てしまった。

■01 サウアル平原の死闘

時間は少々巻き戻る。

ここは、エール王国。春のはじめ。

羊飼いもめったに足を踏み入れない、王都郊外のサウアル平原。その一角に、「巨人(きょじん)の棲処(すみか)」と呼ばれる場所がある。

実際に巨人がいたわけではない。

いかなる天然の采配(さいはい)か。ここでは、六角形の石が敷き詰められている。そして、巨大な、馬車一台が載りそうな六角形の柱が、数本、二階建ての建物ほどの高さまでそそり立っているのだ。

今、ここで、絶対に負けることのできない戦いが始まろうとしていた。

エール王国騎士団の精鋭騎士は、三百人余。しかし、彼らはひときわ高い柱の上から見下ろす、灰色の囚人服を着た華奢な少年に、まったく歯が立たなかった。

騎士団長ミゲルは、三十五になる。茶色の目と髪を持つ、気のいい男であった。白銀の鎧をまとい、腰には妻がくれた革製の騎士守りをつけている。

「巨人の棲処」の魔方陣の周囲には、天幕が三十あまりも立てられていたが、その中でももっとも大きな、旗印を掲げた天幕の中で、戦況を聞いている。

「騎士団長、食糧がとても足りません」

ミゲルは答える。

「まあ、持久戦のつもりじゃなかったからな」

「治癒魔導師たちがすでに天幕が負傷者でいっぱいだと言っています」

「しょうがない。外に寝かせろ」

「馬が、瘴気にあてられて逃げ出しました」

「そのうち帰ってくる」

「排泄用の穴の場所が風上で臭うと、第三師団から苦情が来ています」

「あーもー！　これは、もともと査問会の仕事だろうが！」

思わず口にしてしまい、部下たちが静まりかえる。それから、「滅多なことをおっしゃらないほうがいいですよ」といさめられた。

「悪い」

だが、愚痴も出ようというものだ。

査問会の手の者が、港で船に乗ろうとした指名手配中の邪法使いを捕らえた。

それはいい。

護衛をつけて、査問会議所に連行。

当然だ。

だが、ここ、「巨人の棲処」に差し掛かったところで、逃げられ、魔方陣を展開された。

これは、まったくもっていただけない。

「ミゲル騎士団長。まだなんですか。辺境の竜公爵は？」

「呼んだから、もうちょっと待て」

「最初から、ご同行願えばよかったのに」

ミゲルは吐き捨てるように言う。

「そういうわけにはいかないだろ。査問会がうるさいし、一応、騎士団のメンツってもんがあるんだよ」

本当だったら、あの男の手を借りずに済ませたかった。彼が、あの力をふるうことをよしとしないのを、ミゲルは知っている。

騎士たちがこそこそとミゲルを糾弾する。

「権力にひよるの、かっこ悪いです」

「そうですよ。ここはびしっと、俺が責任とるから任せろって言ってくださいよ」

ミゲルは渋い顔になった。

「おまえら、なに勝手なこと言ってんだ。俺にだって、妻と三人の子どもがなあ」

「うんうん。わかるぜ、ミゲル。美人だよな。おまえのかみさん」

まえぶれもなく、天幕の布が開いた。黒髪の若い男が入ってくる。黒い毛皮のマントを羽織って、腰には剣を携えている。だが、乗馬用のシャツにベスト、足下(あしもと)はブーツといたって軽装だった。そしてこんなときなのに、口元には笑みを浮かべていた。

「お待たせしました。お呼びとあらば、参上しますよ」

ふざけたように、彼は言う。彼——イノセンシオ・オルヴァル——こそが、ミゲルの切り札なのであった。

天幕の中はわっと沸いた。

「公爵」

「竜公爵」

「来てくれた！」

騎士たちの歓迎ぶりは、すさまじい。

「恥ずかしいから、その呼び方はやめてくれ。イノセンシオでいいよ」

そう彼は言った。

イノセンシオ・オルヴァル。彼は辺境地の公爵であるが、その強大な力ゆえに、騎士団から助力を乞うことたびたびなのであった。

背は高く、肩はたくましい。しかし、ひょうひょうとした態度で、ともすれば、遠駆けに来ただけにも見える。

「イノセンシオ。おまえ、また、そんなかっこうで。うちの鎧で寸法が合うのがあったら、着ていけよ」

「いやだよ、ミゲル。背中を塞がれると暑いし、第一、やられないから大丈夫だ。なになに、どんな感じ?」

口調は軽いが、黒い黒曜石のような瞳は、真剣そのものだった。

天幕内の会議机の上に、ミゲルは周辺の見取り図を広げた。

「やつはこの、『巨人の棲処』で一番大きな柱の上に居座っていて、そこから半径五百メートルほどに魔方陣を張っている。確認している魔法は、火球と死霊使い(ネクロマンサー)、加えて魅了(みりょう)だ」

「てことは、やつは、『紅(くれない)の書』を手に入れたのか」

紅の書は、禁書中の禁書。その中に記述されているのは、邪法。

「そうだ。どうやら、深淵(しんえん)の図書館に、最後の一冊があったらしくてな。魅了を使って持ち出したらしい。紅の書自体は回収したが、すでに『使った』あとだった」

紅の書を使えば、魂が変化する。邪法を使うことが可能になる。

「ここらは、昔、火山活動が活発だったときにガスに巻き込まれて馬や牛、羊が大量死したことがあったんだ。その骨があいつを守ってる。魔方陣の中に入ろうものなら、火球で狙われる。それから、やっかいなのが、魅了だ」

「そうだな。魅了は『生来の才』だ。通常の魔法防御は効果がないからな」

「何人か、近寄って、同士討ちになった」

「それが死霊憑きの亡者になってこちらを襲ってくるわけか。いやらしいことを考えるよな」

イノセンシオは、のびをする。

「おっしゃ。うーんと、指揮をとっちゃっていいかな？」

「どうぞどうぞ」

ミゲルは、彼の、こういうところが気に入っている。身分の上からも、実力からも、問答無用で指揮をとっても、誰も何も言わないだろうに、ちゃんと、ミゲルを立ててくれるのだ。

「いつも、悪いな。イノセンシオ。最後にはおまえを頼って」

「いいさ。そのかわり、いい酒をおごれよ」

「任せてくれ」

イノセンシオは、天幕の中で、各部隊に指示を出した。

「魔防結界で魔方陣の外側を覆え。魔導師を十五人ほど配置。上空にも結界を張るように」

フードをかぶった魔導師がうなずく。

「了解しました」

「まずは、全員、魔方陣から退出させろ。この上にのっている間に魅了にかかったら、あいつの思うままだ。俺が行く。俺には効かないからな。が、万が一、俺があいつをしとめ損なったときには、この結界内部を業火で焼き払え」

「おいおい、それじゃ」

イノセンシオまで、やられてしまう。だが、イノセンシオはにやっと笑った。弱冠二十七。自分より若いというのに、その貫禄は、さすがとしか言いようがない。

ミゲルはふうと息を吐く。

「よし、今聞いたとおりだ。全員退却の煙弾を上げろ。ここからは、反撃するぞ」

騎士団全員が魔方陣の外側まで退却したのを見計らって、イノセンシオは魔方陣の中に足を踏み入れた。

彼のいる柱へと歩きだす。

生来の才である彼の魅了は、イノセンシオには効かない。

イノセンシオもまた、『竜王(りゅうおう)の血』という生来の才を持っているからだ。生来の才を含めたあらゆる状態魔法の無効。

屠(ほふ)るのは好きではない。人であれば、なおさらだ。若いなら、いっそうだ。

「あーあー、ここらを、こんなんしちゃって」

ひどいものだった。穴があき、すすけている。

魔方陣の上では、死者が起き上がり、獣の骨が鳴っていた。それを剣でめんどくさそうに薙(な)ぎ払うと、さらに歩を進める。

屠るのは好きではないが、彼を討つことは、始祖の竜王の血を宿す己の宿命だ。

——呪いも祝福も、そなたを通り過ぎるであろう、か。

魔方陣の真ん中、柱の上にその少年はいた。裸足(はだし)で、ほんの少しだけ、宙に浮いている。

人を屠るのは好きではない。

だが、この少年は、すでに人ではない。

彼に向かって、イノセンシオは叫ぶ。

「亡くなった騎士の身体を使うなんて、エグいことするよなあ」

そう言うと、少年は微笑(ほほえ)んで返した。

「ちょうど、よかったので」

楽器のように美しい声だった。

たった今までともに戦っていた同胞の命が事切れただけでも衝撃なのに、それが、こちらに向かってくる。剣も鈍るってもんだろう。それが、人間だ。

反して、人をどう効率的に使うかしか考えられなくなったなら、その者はもう人ではなくなったということだ。

彼の実際の年齢はイノセンシオより上なのだが、彼は己の年齢を十五歳で止めていると聞く。子どもと言ってもいい年頃だ。

――なるほど。美しい。

少年の肌は、陶器よりもなめらかで、シミひとつなく白い。ゆるやかにウェーブのかかった髪は肩に垂れ、完璧(かんぺき)な金色(こんじき)の流れとなって白い顔を縁取る。こちらをしかと見据える瞳は国王の宝冠を彩る蒼玉(サファイア)よりも青い。唇は、聖女の血を垂らしたかのように赤く映えていた。

彼は素足で囚人服を身に纏(まと)っている。その、灰色の貫頭衣(かんとうい)でさえ、彼の美貌(びぼう)をよりいっそう引き立てていた。

しかし、彼が美しければ美しいほど、イノセンシオの肌は嫌悪で総毛立つのだった。

――まるで、地獄に咲いているという火炎の花だ。

この少年はあだ花だ。忌まわしい存在だ。

こちらを見据え、見蕩(みと)れた者の心を「魅了」で縛る。

少年の名は、アリステラ・スタウト。

別名、「スタウト家の鬼っ子」。

彼は、陶然とした声音で言った。

「竜公爵。ようやく会えたな。我が唯一（ゆいいつ）の同胞よ」

「馬鹿を言うな。おまえと俺は違う」

「同じだ。おまえは、普通の人間としては生きられないんだ。強靱（きょうじん）な肉体と、あらゆる魔力を跳ね返す魂。おまえは、人間とは違う。人としては、生きられない」

この少年と話すのは時間の無駄だ。それくらいは、わかっている。

だが、アリステラは、イノセンシオの急所を突いてきた。

「『人の世の呪いも祝福も、そなたを通りすぎるであろう』」

「なぜ、それを知っている」

それは、イノセンシオが生まれたときに、当時の精霊王から告げられた予言だった。それは、ごく少数の身内しか知らなかったはずなのに。

「誰から聞いた?」

「さてね」

イノセンシオの中に昔の記憶……――この力を解放したときに、自分は人間からはじき出されてしまうのだと悟ったときの、苦さと絶望が蘇（よみがえ）る。足下が崩れていきそうだ。

アリステラが笑っている。

自分の、最も柔らかく、痛い場所を、彼はその桜色の爪（つめ）で切り裂きにかかっている。

イノセンシオは、歯を剝（む）いた。笑ったのだ。それは、獣の顔であった。

「俺は、生き物を屠るのは好きではない。人なら、なおさらだ」

「おまえは、優しいな。だが、道を歩くときに蟻に心をとどめるなど、無益なことだぞ」

「俺は、人間だ」

「違う。人間以上だ。いや、神だ。神そのものだ。私と同様にな。支配されるのが人にとっては幸せなのだ」

なに言ってやがる。

「アリステラ・スタウト。最後の警告だ。降りてきて、罪を償え」

とはいえ、待っているのはすみやかな斬首刑以外、あり得ないのだが。

彼は、そのまま、そこにいる。悠然と。

「おい、おまえ。アリステラ。わかってるだろ？　紅の書の邪法は魔力を大量に消費する。いかにおまえの魔力が豊富だとしても、そろそろ限界だ」

「そうだね。私一人なら」

ばっと、彼の手から自分に向かってくる帯。剣で叩き切ったと思ったのに、それは、イノセンシオの手首に絡みついた。

蜘蛛の糸をよったように白い太く毛羽立ち、イノセンシオを捕らえる。手から、剣が落ちた。

「なんだ、これは」

「紅の書にあった、『隷属の楔』だよ。きみに魅了は効果がないが、これなら、どうかな」

「くそっ！」

力が抜ける。

「きみの身体には、膨大な魔力があるからね。大丈夫。死なせはしない。大切に、使わせてもらう。私の魔力の蓄えとして」

アリステラの青い目が輝いている。

イノセンシオは後悔していた。そうか。こいつの目的は、俺だったのか。事態が窮すれば、騎士団長のミゲルはイノセンシオを呼ぶ。計算尽くだったわけだ。

蜘蛛に捕らえられたようだった。ぞわり、ぞわり。女の細い指のように、彼の意識、彼の楔が自分の中に入ってくる。

「おまえの身体と私の魔力を組み合わせたら、どれだけ大きな力が使えることか」

彼の楔が、自分の魂にふれるのを感じた。

嫌悪しかなかった。ここ何年も感じたことがない憤りが、イノセンシオを支配した。

「ふざけんじゃねえ！」

入ってこようとした、彼の隷属の楔、魂そのものを、イノセンシオは、跳ね返した。

「うわっ！」

アリステラが彼らしからぬ、みっともない声を出す。その声に応じるように、頭上を飛んでいた烏が鳴いた。

イノセンシオは自分の怒りが、その反動によりアリステラの魂を彼自身の肉体からさえも、はじき出したのを感じた。隷属の楔が枯れ落ちる。

魔方陣が薄れていく。彼の魔法の効力が失われたのだ。

アリステラの身体はぐらりと傾き、六角柱から地面へと落ちてきた。

「お？」

切ろうとしていたにもかかわらず、イノセンシオは走り寄ると、反射的にその身体を抱きとめた。

アリステラの顔を見る。白い顔には血の気がない。彼を地面に横たえようと腰を下ろした。

「イノセンシオ！」

遠くから、騎士団長のミゲルが、走ってこようとしているのが見えた。まだ、安全を確認したわけではない。イノセンシオは、彼を目で制した。ミゲルは、その場にとどまった。それから、なにごとか叫びだした。

「……なんだ？」

「おまえ、それ、それ！」

見れば、腕の中のアリステラが、輝きだしていた。

それは美しい、清浄な光だった。

「はあ？」

まだ、隷属の楔の余韻がある。繋がっていた部分から、伝わってくるものは、今までとは違う。柔らかい。甘い。くすぐられているかのようだ。

それは、さきほどまで感じていた嫌悪とは、正反対のものだった。

これが、好きだ。そう思った。

——魅了？　魅了なのか？　やつの魔法にかかったのか？

違う、と本能が言っている。

アリステラの身体が、もぞもぞと動きだした。

ミゲルたち騎士団は、魔方陣の外から騒いでいる。

「嘘だろ」

「生き返った……？」

「イノセンシオ様、気をつけてください！」

ふむむとアリステラの口が乳を求める赤子のように動いて、うっすらと目を開く。

「悪魔だ」

「悪魔の所業だ」

「邪法の力をもって、復活したのだ」

背後で騒いでいるのが、風に乗ってここまで聞こえてくる。だが、当のイノセンシオは、冷静だった。

腕の中のアリステラは、しきりとイノセンシオの毛皮のマントをさわっている。声をかけようとしたそのときに、彼はぎゅうとしがみついてきた。彼はよりにもよって、イノセンシオの背中にある「竜王の鱗（うろこ）」がある場所、ふれられれば怒りに我を忘れる箇所を撫でてきた。

アリステラは言った。

「おー、よしよし」

そこから、自分に流れ込んできたのは、あたたかな感情だ。ひどく、心地よい。抗うことができないほどに。

「う、あ……？」

思わず、うわずった声をあげてしまった。

「声……？」

そう言うと、アリステラは目をあけた。澄んだ青い瞳だった。

「なんで？」

「おまえ……」

「なんで」と聞きたいのは、こっちだ。

「うう。なんだか、頭がくらくらするー」

そう言うと、アリステラはこの腕から身を起こす。彼は、きょろきょろと辺りを見回している。

「ここどこ？　あれ？　おじいさんは？」

なんだ。おじいさんって。

いや、待てよ。これは、もしかして……──

「なにこれ、ひどい」

ぺたんと彼は座り込む。

ひどいもなにも、ないだろう。イノセンシオは「はあ」とため息をついて、こう言った。

「やったのは、おまえなんだが……」

アリステラは言った。

「ぴゃっ？」

──……ぴゃっ……？

美麗な悪魔、スタウト家の鬼っ子と言われた、アリステラ・スタウトが、こんな素っ頓狂な悲鳴をあげるとは。背後の騎士の間にも失笑が響く。

違うな。こいつは、アリステラではない。やつと「繋がっていた」自分にはわかる。

「俺は、イノセンシオ。辺境の公爵で、臨時雇われの騎士だ。おまえは、だれだ？」

「ナオです。マブチ・ナオ。姓がマブチで名がナオ。おっかしいな。湖でソロキャンしてたはずなのに。雷に当たったと思ったら……。ここは、どこでしょう。あの、なんか、途中までおじいさんと一緒だったんですけど、知りませんか？」

やはり、そうか。

「そのおじいさんとやらは、おそらく大精霊だな。目には見えない」

「は、はい？」

「ここは、ユングバース、エール王国。ようこそ、大精霊の慈悲あつき転生者殿」

「てん、せい……？　え、あの。ラノベ……？」

アリステラ、いや、ナオがそう言うと、鳥が頭上高く舞い、何度も鳴いた。己を主張するように。

■02　転生者

ナオは、ふらふらと立ち上がった。そして、自分のかっこうに気がついた。裸足だ。そして、灰色の貫頭衣を着用している。

「なんだ、これ？」

手の形が違う。足もだ。

「ああ、そうか。おまえ、裸足なんだな」

イノセンシオはそう言うと剣を腰の鞘に納めて立ち上がり、マントを脱いだ。下にはシャツと下穿き、ブーツという軽装だ。

身長、高いな、なんて思っていると、彼はマントでナオをくるんで抱き上げた。

——はあああ？　いきなり、お姫様抱っこ？

こんな近くに、イケメンの顔がある。

いや、別に、どきっとしかしてないから。うわあとか思ってないから。さっきまで失恋して落ち込んでたのに、そんなにちょろくないから。

——これは、夢……？

ということは自分は、イケメンにお姫様抱っこされたいと願っていたのか。恥ずかしいー！

でも、すすけた臭いとか、六角柱とか、こちらを見ている騎士団らしき人たちとか。リアルすぎなんですけど。可能性としては……——

「ハロウィン、コスプレ、北海道……」

キャンプしていたのは湖畔。そして、季節は秋だったはずだ。

それが、どうして、こんな愉快なレジャーランドにワープしてしまったのか。

可能性を考えているのだが。

ハロウィンになった。…………こんなところで？

コスプレ。……リアルすぎるし、観衆がいない。

ここは北海道。……どうやったら、いきなりそんな長距離移動できるんだ。

自分でも、信じがたいのだけれど。

もし、これが夢じゃないとしたら。考えられるのは……——

あの、おじいさんとの会話が嘘じゃなかったってことだ。この人の言うことがほんとだってことだ。つまり、ここは、日本じゃない。この人の言うとおり、転生したのだ。それが、一番、しっくりくる。

抱き上げているイノセンシオを見る。彼は、落ちついて見つめ返してきた。

鼻筋が通っていて、黒曜石みたいな目をしている。

「ナオ。俺を見るのはいい。魅了が通じないからな」

「魅了？」

「そうだ。おまえの身体の元の持ち主は、アリステラという。そのアリステラの生来の才だ。おまえの美貌に見蕩れた相手の心の隙間に入り込み、骨抜きにして、強制的に命令をきかせる」

「び、美貌？　骨抜き？　命令？」

「アリステラは卓越した魔導師だったから、魅了解除も可能だった。だが、おまえには不可能だ。他人を魅了したくないだろう？」

ぶんぶんぶんと、ナオは激しく首を振った。

「したくないです！」

「いいな。俺以外とは、ぜったいに目を合わせないように」

「よくわからないけど……わかりました」

とにかく、目を合わせない。

緊張していたのだが、イノセンシオはマントを顔まで引き上げてくれた。そうしていても、どこからか見られているのを感じる。

「人目が気になるか？」

「なりますよ。ぼくは、注目されたことがないんです」

なにがおかしいのか、イノセンシオはふっと笑った。

「すぐに馬車に辿り着く。それまでの我慢だ」

イノセンシオはそう言った。

■03　囚人護送馬車

イノセンシオとアリステラの身体を持つ少年、ナオを乗せた囚人護送用の馬車は、平原の街道を、王都に向かって移動していた。

草地が広がり、羊の群れが、たまに道を塞いだりした。

馬車の中は広かったが、いるのは、イノセンシオとナオだけだった。ほかの者は、アリステラにおそれをなして、遠巻きにこの馬車を警護している。

両側にベンチがしつらえてあり、二人は向き合って座っていた。窓には鉄格子が嵌まっていて、観音開きの後ろの扉には、厳重に鍵がかけられている。魔法による封印が何重にもされているが、アリステラは高位魔法に長けているので、もし、これが本物のアリステラであったら、無駄だったであろうとイノセンシオは思う。

アリステラとともに馬車に入って無事でいられるのは、おそらく、このエール王国広しといえども、自分、イノセンシオ・オルヴァルだけだろう。

なにかをおそれたことが、この数年、自分にはあっただろうかとイノセンシオは思う。

——ないなあ……。

おそれているものがあるとしたら、ただ一つ。自分だ。自分の中を流れる竜王の血だ。

「あの」

ナオが、おずおずと言った。

「ぼくが転生者だとしたら、この身体の持ち主はどなたなのでしょうか」

「アリステラ・スタウト。十五歳の魔導師だった」

「ずいぶん、お若い方なんですね」

ぺたぺたと自分の顔をしきりとさわっている。どうにも、違和感があるらしい。

「そうだな。でも、もう、魂は失われているからな」

魂は、肉体がないと存在できない。彼の魂をはじいた感触があった。肉体を失った魂は、消えるしかない。

「そうですか。ならば、その方のぶんまで、がんばって生きなければいけませんね」

大まじめな顔で、ナオは言った。

「は？」

「え？」

いや、おかしいことはない。なにも、おかしいことはないのだ。だが、アリステラのぶんまでって。

あいつは、人を人とも思っていなかった。そいつのぶんってことはないだろう。

どうしようもなく、笑いがこみ上げてくる。だめだ。おかしい。

笑い出したイノセンシオを、ナオがきょとんと見ている。

「う、うう。笑いすぎて、腹がいてえ」

イノセンシオは、さきほど初めて本物のアリステラと会ったのだが、スタウト家の鬼っ子、悪魔の子、アリステラ・スタウトの噂(うわさ)は、辺境地にいても、耳に入ってきた。

魔法の才能に秀でているのはとにかく、一般的には人道的な立場から、使用不可とされていた魅了魔術の技を磨き、長期間かつ徹底的に複数人の意思を奪った。

さらには、深淵の図書館の番人を魅了し、紅の書を盗み出し、死者を歩かせるという邪悪な魔法を使った。『隷属の楔』などという気色悪い禁忌魔術でイノセンシオの魂を深く拘束しようとした。

彼の罪は万死に値するし、決して見習うべき行いではない。なんと言えばいいのか。

「あー。そうだな。どっちかというと、おまえはおまえとして、その身体を使ってやったほうが、アリステラも喜ぶんじゃないか」

なにをどうやっても、アリステラの気に入らないだろうと思いながらも、イノセンシオはそう言った。ナオはこくこくとうなずいている。

さすがに、大精霊の愛(いと)し子だよな。

さきほど、繋がっていたときの魂の心地よさときたら。

大精霊は、時折、気まぐれでまるで美しい貝を拾うように、さまよう人の魂を拾ってくる。

そして、あいているところに入れる。

しかし、このままでは……——

「ぼく、これから、どこに行くんでしょう」

「査問会議所だ。そこで、『正義の女神』の裁定を受ける」

「この身体の人が、あそこらへんを焼け野原にしたからですか」

イノセンシオは、ナオに聞いた。

「おまえは、生きたいのか？」

「はい」

ぽんと返事がきた。

「生きて、どうする?」

ナオは赤くなった。つんと横を向く。

「笑うから、言いたくないです」

これは、聞きたくなるな。

「いいじゃないか。落ちてきたおまえの身体を受けとめてやったのは、俺なんだぞ」

彼は、こちらを見た。渋々というように、白状する。

「ぼく、だれかと、心を通わせたいんです。好きな人に、自分のことを、ちゃんと好きになって欲しいんです」

——支配されるのが人にとっては幸せなのだ。

さきほどこんなことを言ったアリステラと同じ顔で、そんな可愛いことを言う。思わず、口元が緩む。

こいつは、俺の表情筋を、思いがけない形にさせる天才だな。

ナオは、口を尖(とが)らせた。頬を膨らませている。

「ちっちゃな望みだって思ってるんでしょ」

「いや、そんなことはないぞ」

「悪かったですね。ぼくには、精一杯の願いなんです。性格も見た目も地味だから」

上目遣いでこちらを見てくる。

必殺だな。

「いや、性格はとにかく、見た目は……」

まったく、地味ではない。

そうか。こいつは、今の自分の姿がわかってないんだな。

査問会議所が近くなり、谷の近くを通りかかる。

午後も遅くなり、日が陰り始めていた。

「なんか、寂しいところですね」

鉄格子ごしに外を見ていたナオが、そう言った。

「ああ、わかるか。ここは、罪人の谷だ。そこに一カ所、谷のへりに突き出しているところがあるだろう？　あそこで処刑が行われ、死体は谷に投げ捨てられる」

「ふ、ふひー」

ナオは、怯（おび）えた顔をした。

イノセンシオは、知っている。

このままでいけば、数刻ののち、ナオが谷底に落ちていくのを。

■04　査問会議所

やがて、エール王国王都の城壁が見えてきた。

城壁の高さはイノセンシオの背の十倍ほど、壁は馬が五頭連なる厚さがあり、王都を円形に囲んでいる。かつて列国争う時代に造られた城壁は、堅牢そのものであった。

四つの門があるが、査問会議所は城壁の外に位置している。

査問会議所は灰色の四角い建物だ。装飾が一切ない。

「いいか。人と目を合わすなよ。魅了にかけちまうからな」

「う、うん」

馬車を降ろされたナオには、顔を目深に隠すように白い布が被せられた。もちろん、これは気休めに過ぎない。

「なんか、こういうの見たことがある。犯人みたい……」

ぶつぶつ言っているアリステラは裸足のままで査問会議所内に向かう。入ってすぐに広い法廷がある。

法廷の床にナオと付き添いのイノセンシオは、立つ。

——ここには慣れることがないな。来たのは遥か昔、まだ子どもの時分なのに。

そう、イノセンシオは思った。

二人の背後には傍聴のため、五十人ほどが座れるようになっている。だが、アリステラの魅了を恐れてだろう、人の気配はなかった。

やがて、正面の一段高い場所に、七人の査問官が姿を現した。彼らは全員、白い貫頭衣を着用し、仮面をつけている。誰が誰だか、わからないようになっているのだ。

真ん中の一人は三十センチほどの女神の像を捧げ持つ。女神の両手は天秤となっていた。片側に壺、もう片側には水晶をのせている。その壺の中には罪が入っていて、水晶は生命の重さを示す。どちらが重いかで、裁定が下るという寸法だ。

中央両隣の査問官のうち片方は、進行を知らせるための木片と木槌、もう片方は、法を記した「緑の書」を持っている。

ナオの頭布は取り去られたが、彼は石の床に裸足だ。春とはいえ、寒いのではないかとイノセンシオは心配になるが、靴を持ってきてくれと言い出せる雰囲気はそこにはなかった。

「アリステラ・スタウト。そなたの罪を、女神に問う」

声が響く。七人のうち、だれが発声しているかはわからない。

ガタンと音がして、天秤の壺が下がった。

「紅の書による邪法を使いしこと、エール王国のみならず、大精霊の加護を受けしユングバース全体の理を覆す大罪である。これは、極刑に値する。よって、本日日没、罪人の谷において斬首を申し渡す」

「ざん、しゅ……?」

初めて聞く単語ですねという顔で、ナオはその単語を繰り返した。

「ざんしゅ……ざんしゅって、あの、まさか……」

ナオが、怯えたようにこちらを見上げてくる。イノセンシオは、うなずいた。

「そうだ。斬首とは、簡単に言えば首切りだ」

そう言って、自分の首を切る手真似（てまね）をしてみせる。

「ひっ？」

彼は飛び上がった。青く美しい目には涙がにじんでいる。

「死罪？　首切り？　ちょっと待って。異議あり！　弁護士さん呼んで！」

手を振り回しつつ、意味不明なことを叫んでいる。

「今さら、なにを見苦しい」

査問官は、あきれたような声音で言った。

「これは、当然の結果であろう。紅の書の簒奪（さんだつ）、邪法の魔方陣を起動せしこと、それによって、多数の死傷者を出したこと。いずれの一つでも、死罪に値する。申し開きがあるなら、述べよ」

「あの、あの。ぼく、アリステラじゃないんです」

査問官たちがざわつく。

「日本から転生してきたんです」

「転、生……？」

査問官たちは絶句した。それから、巻き起こったのは、失笑だった。

査問官たちは、「見苦しい」とか、「あきれた」とか、「この期に及んで」などと、口々になじっている。

転生者など、彼らにとっては言い伝えでしかない。

自分だって、ついさきほどまでは、そうだった。

「でも、でも、ほんとうなんです。前の世界で雷に打たれたんですけど、そのときに、なんか声が聞こえて」

「声？」

「はい、『ちょうどいいのがあるから』みたいなことを言ってました」

「発言はそこまでとする。では、死罪に反対する者は？」

傍聴人はいない。声があがるはずもない。

「ぼく、ここに来たばっかりなのに、首切り……？　首……？」

ナオはがっくりとうなだれている。首の後ろには、頸椎の突起が見えた。細い首だ。重量のある首切り斧なら、あっという間に切断されるだろう。

ナオの肩が震えているのがわかる。

壇上では、赤い札が取り出されている。斬首役人への免罪札だ。ここから馬車で二十分ほど、罪人の谷のへりに、斬首のための首切り台はある。これを受け取った斬首役人は、決して愉快とはいえないこの役目をとっとと済ませてしまおうと、濃いラムを口に含むと重い首切り斧を手にして、刃こぼれがないか確かめることだろう。

魅了をおそれる査問会によって、立会人さえなく、あっけなく斬首刑は執行され、ナオの首は落とされ、亡骸(なきがら)は谷に投げ捨てられる。

その想像は、ひどくイノセンシオの胸を痛めるものだった。

「では、これを女神の決断とする」

イノセンシオは手を上げた。

「俺は、反対します」

竜公爵イノセンシオの異議に、査問官たちは驚愕(きょうがく)しているようだった。イノセンシオはつらつらと反論を述べた。

「こいつは、アリステラ・スタウトじゃありません。俺は、隷属の楔を打ち込まれていたから、わかるんです。別人です。この者は、大精霊の声を聞いたと申しております。この姿形はアリステラのもの。しかし、魂は大精霊の覚えめでたき転生者なのです」

査問官の声が降ってきた。

「イノセンシオ・オルヴァル。そなた、魅了にかかっているのではあるまいな」

「俺には魔法は効きません。真実を語っております」

「では、今一度、女神の裁きを」

天秤が動く。壺に、水晶に、ゆらゆらと迷っている。そして、とうとう、拮抗した。

壇上が騒がしくなった。

緑の書がめくられて、七人が顔を寄せ合っている。七人はいったん退廷していった。しばらくののち、再び入廷した彼らは言った。

「転生特別法を適用することとする」

イノセンシオは、おぼろげな記憶を引っ張り出す。

――転生特別法。聞いたことはあるが、実施されるのは、俺が生きているうちには初めてじゃないか？

「転生特別法とは。転生者を名乗る者がおり、真偽が定かでないとき、後見人を立て五人の代表者に正否を問うものである。後見人は、その責務すべてを負うこととし、転生申告者が偽（いつわり）であったときは、後見人も罪を負うこととなる」

査問官は言った。

「この、後見人にはどなたがなるのかな？」

「むろん、俺……――いや、私がなりましょう」

イノセンシオが言った。

「ならば」

査問官は一枚の羊皮紙を持っていた。

「この者が大精霊の加護を受けし転生者であるというのなら、それは、保護すべきである。だが、それを肯定する根拠を我らは持たない。ゆえに、後見人たるイノセンシオ・オルヴァル。そなたが、この者の後ろ盾となり、証明せねばならない。その期間は一ヶ月とする」

「了解」

ナオが、あたふたして、査問官と自分の顔を交互に見ているのがおかしかった。

「さて、『五人の課題』であるが、これより述べる者にこの者が転生者であるという署名(サイン)をもらうこととする」


査問官は滔々(とうとう)と述べる。

その五人とは、まずはこの国を統治されるお方、国王陛下。

次に魔法に詳しい者、魔導師長。

アリステラ・スタウトをもっとも知る者、現スタウト家の当主。

大精霊に通じる者、精霊王。

そして、勲(いさおし)高き者、名誉騎士団長。

査問官は続ける。

「一人でも欠けた場合は無効とし、転生申告者は偽であり、すなわちアリステラ本人の奸計と判断し、斬首刑を執行する。また、その際には、イノセンシオ・オルヴァルも同罪となる」

「はあぁ?」

ナオがすっとんきょうな声を出した。イノセンシオはうなずく。

「了解した」

「では、一ヶ月後のこの時刻に、再びここであいまみえよう」

木片が七回、叩かれて、査問会は終了した。

ナオがこちらを物問いたげに見ている。法廷の外から、声がした。

「おい、おーい!」

ミゲルが手招きしている。

「こっちだ、竜公爵!」

「その呼び名はやめろ」

ナオが恐いのだろう。必死に差し招く。近くまで行くと、「なに、考えてんだよ? 査問会は『竜王の血』をよく思っていないんだぞ」と言われた。

「己が信じたままを口にしただけだが?」

「ばかばか!」

ミゲルは声を荒らげる。

「アリステラに、俺たち騎士団はさんざんな目に遭わされたんだぞ。まだ、魅了にかかったままの騎士がいるんだ。世紀の恋に落ちたみたいになって、アリステラの護送馬車を追いかけようとして、たいへんだったんだからな。おまえもあの、きれいな見た目に騙されたクチなのか?」

「そんなんじゃない。……おい、ちょっと待て。まだ魅了にかかったままのやつもいる? てことは、解かれた者もいるのか? 通常なら、自然に解除されるのには、数ヶ月から数年はかかるはずだが」

「そういえば、そうだな……」

まあ、いい。それは、おいおいだ。

「大丈夫。なんとかなる。なんとかするさ」

「……」

じっとりと信用のない目つきで見られた。イノセンシオは、それをいなす。

「そのうち、助けを求めることがあるかもしれない。そのときはよろしくな」

イノセンシオは、今まで言ったことがない一言をさらに付け加えた。

「ミゲル。今まで、助けてやっただろ?」

「う」

魔獣退治や強盗団、邪法信仰者の群れ……――ミゲルは名騎士団長として名高いが、その半分以上はイノセンシオの功労であることを自覚している。イノセンシオは名誉を欲する人間ではないし、ミゲルは効率を重視する男だから、今日までお互いうまくやってきたのだ。

「こいつは、高くつきそうだぜ」

「よろしくな。騎士団長殿」

イノセンシオは最高の笑顔を作ると彼の肩を叩いた。


ナオは、ミゲルとイノセンシオが気になる。

「なに話しているんだろう……」

が、相手を魅了してしまったら困るので、ちらちら横目の遠目で見ているしかない。

やがて、話が終わったらしく、イノセンシオはナオのところに帰ってきた。

「待たせたな。おまえは、俺のうちに来い。家は広いから、部屋はある」

「なんで……？　どうして、助けてくれるの？　自分だって危なくなるのに」

ナオは、イノセンシオを見つめる。彼は肩をすくめた。

「生きたいと言ったのは、おまえだろう？　違うのか？　それとも、俺が後見人じゃいやか？」

「ううん」

いやもう、この人かっこいいなとか、そんなのんびりしたこと、思っている場合じゃなかった。事態はもっともっと深刻だった。

この人が「気が変わった」とか言い出したら、そうしたら、もう、あの谷に直行コースだよね。へりのとこで首と胴体がおさらばして、ついさっき、ここに来たばっかりなのに……——、始まったとたんに、転生が終わっちゃう！

「うう。お願いします！　助けてください！」

「よしよし、素直な子は好きだぞ」

笑ってイノセンシオは頭を撫でてきた。なんか、子ども扱い？

「最初に会ったとき、俺はおまえと繋がってたんだ」

そう、イノセンシオは言った。

「繋がってた……？」

「んー。隷属の楔……——っても、わかんねえよな。アリステラによって魂が繋がってた。だから、わかる。おまえは、いいやつだ」

そう言われて、ぽわーっとナオの中に温かい気持ちが満ちる。

イノセンシオは手を差し出してきた。

その手を、ナオは握り返した。イノセンシオそのものみたいな、頼もしい手だった。

「今日から、俺たちは運命共同体、一蓮托生（いちれんたくしょう）の相棒だ。がんばろうな」

「はい！」

ナオは言った。

「ぼくにできることがあったら、なんでも言ってくださいね」

気合いを入れて言ったのに、イノセンシオは複雑そうな顔をした。

「あー、あのな。おまえ、そういうことは、あんまりほかのやつに言わないようにな」

「え、は？　イノセンシオ様。もしかして、このエール王国では、失礼になるんですか？」

異世界のルール、難しい。イノセンシオは苦笑いをしている。

「そうじゃなくて……。顔が……」

「顔？」

ぺたぺたと顔にさわる。顔がどうしたんだろ？

「まあ、いいや。それから、『イノセンシオ様』はやめてくれ」

「公爵だから、様づけかなって思ったんですけど」

「出自はとにかく、今は地方辺境住まいの公爵に過ぎないんだ。おまえは、大精霊の覚えめでたき転生者なんだから、俺のことは、イーノと呼んでくれ。おまえのことは、ナオと呼ぶ」

イノセンシオは気さくにそう言った。うん、名前で呼ばれるの、悪くないね。なんだか、親しくなった気がする。だから、ナオも思い切って呼んでみた。

「イーノ……」

「よしよし、その調子だ」

そう言って返される笑顔にときめきそうになってしまう。

「ああ、そうだ。帰宅前に、我が家に使いを出しておかなくてはだな。モカ」

呼ぶと、黒いつやつやした猫が飛んできた。翼があって、空中に浮かんでいる。

「猫が飛んでる……。翼がある……」

「翼猫(グリフ)を見るのは初めてか？」

「ぼくのうちに、翼のない猫はいたけど……」

「猫は飛ぶだろう？」

「飛ばないよ。ぼくのいた世界の猫は、飛んだりしない」

モカは物珍しそうに、何回も何回も、ナオの周囲を巡(めぐ)っている。イノセンシオが興味深そうに言った。

「子猫ならとにかく、成猫になってこんな好奇心を示すなんて、珍しいな」

イノセンシオは、ことづてを猫に語っている。これで、ほんとに伝わるの？

「よし。モカ、マーサに頼む」

そう命じると、くるんと一回りしたのち、姿を消した。

「え、ええええっ？」

消えた！

イノセンシオは、なんてことないように言った。

「グリフは、転移可能なんだ」

「さすが……異世界……」

「自分で転移できない俺たちは、転移陣を使う。行こう、ナオ」

そう言って、腕を取られた。

■05 オルヴァル家

転移陣は、査問会議所から馬車で移動すること三十分ほど。東門の近くにあった。

建物の中にタイルで囲まれた転移陣がある。中には光が渦巻いている。

ナオは思う。

——銭湯に来て、湯船に浸かるみたい……。

「よし、行くぞ」

中に入ると、くらくらとめまいがした。そして、気がつくと、空気が違っていた。冷たく、さわやかだ。

もう、夜だ。

周囲はしかとはわからない。青い大きな月がぼうっと浮かんでいるばかりだ。

「ここが、イーノのうち？」

よく、全体が見えない。たとえれば、高校の校舎ぐらいの大きさがあるようだ。

「マンション？」

「俺はオルヴァル領の領主をしている。この屋敷は、転移陣を使わなければ、王都からは馬で一週間ほどの距離がある。今は見えないが、森に囲まれていて、背後には山があるから、真冬には風が冷たくなる」

うん、確かにちょっと、寒いね。裸足にぺらぺらの服だから、よけいだけど。

ぶるっと身体を震わせると、イノセンシオが、自分のマントを脱いで肩に掛けてくれた。

うう、優しい。

「敷地内には、この家で働く者たちが冬を越せるだけの食糧を備蓄できる。牧場、畑、厩舎などがあり、一つの小さな村と言える。本館は地上二階に屋根裏部屋、地下にもワインセラーと通路があり、一度も使用したことがない舞踏室や晩餐会場まであるんだ」

イノセンシオがそこまで言ってから、首をひねった。

「おかしいな。なんで、だれも出迎えない？」

そう言うと、イノセンシオは自らの手で、重い木の扉をあけた。

「おおお！　広い！」

馬車がそのまま入れる大きさの玄関。そこに人の姿はなかった。

「帰ったぞ」

イノセンシオが声をかけても、誰も出てこない。扉をさらにあける。

「マーサ、おまえ」

イノセンシオが、驚いたように言った。

自分よりうんと背が高くて、はるかに厚みのある身体をしたイノセンシオが目の前にいたら、ナオには向こう側がまったくと言っていいほど見えない。ただ、しわがれた声が耳に入る。

「お帰りなさいませ、だんな様」

「おまえ一人か？　ほかの者は？」

ナオは、イノセンシオの脇からひょいと覗き込んだ。

そこは、玄関ホールになっていた。両側から上に延びる階段があり、大きな壺が飾られている。その壺の前に、老女が一人、立っていた。彼女はお仕着せを着ていたが、背中も丸く、杖（つえ）にすがってようよう立っているように見えた。

彼女は、ナオを見ると、腰を伸ばし、両の指を交差させる。

「父なる大精霊よ、この悪魔を消し炭にしたまえ！」

その拍子にカランと杖が落ちる。彼女の身体がバランスを崩した。

「わー、あぶない！」

とっさによく、身体が動いたものだと思う。ナオは彼女の身体を抱きとめた……――と言ったら、聞こえがいいのだが、要は、彼女の下敷きになった。

それでも、彼女が床に激突するよりはましだ。近所のおばあちゃんが、家の中で転んで腰の骨を折って、大騒ぎになったことがある。

転倒、だめ、絶対。転ぶのを舐めたらいけない。

「ケガはない？　平気？　むりしないでね」

「えーい、さわるでない」

イノセンシオは杖を拾うとマーサに渡した。

「むりをするな。ほかの者はどうした。おまえに仕事を押しつけるなんて、ひどいじゃないか」

マーサは杖をついて体勢を立て直すと、胸を張る。

「猫がことづてを持って参りましたのでな。だんな様、酔狂が過ぎましょう。アリステラ・スタウトはその美しい顔と魔力で人を魅了し、死者をよみがえらせる悪魔だというではありませんか。そんな悪魔をこの屋敷に入れるというなら、このマーサ、命にかえてもお止めいたします。どうか、どうか、思いとどまりくださいませ」

「ぼくがやったんじゃないけど、この身体の人にかわって謝るよ。ごめんなさい」

ナオはしゅんとなってうつむいた。イノセンシオがナオの頭に手をやる。

「こいつもこう言っているから、許してやってくれないか。今は、魂が変わっているから、魔法は使えないはずだ。もっとも、魅了はしばらくの間は、影響しそうだが」

「そのようにきれいな顔をして、このわしを誘惑しようとしても、無駄だからな。わしは、軟弱な男には興味はない。むきむきの殿方が好みなのだ」

マーサさんはマッチョ好きなんだね。……――じゃないや。

「きれい？　ぼくが？」

ナオは、自分の顔にペタペタさわった。

「そんなに、きれいなの？」

「ああ、そうか」

イノセンシオはうなずくとナオの手を引いて、両翼の階段下まで連れていってくれた。

「自分じゃ、顔がわからないもんな。ここに飾り鏡があるから、見てみればいい」

おそらく玄関ホールを広く見せるためなのだろう。全身が入る、大きな鏡があった。ナオはそれを覗き込む。

「は？」

なに、これ、ポスター？

でも、なんとしたことか、このポスター、動くぞ。ああ、あれか。配信で、アバター使うやつ。美少女だけど、ほんとは男の人、みたいな。だけど、だけど。自分の顔に手をやる。

金色をした髪の毛を摘まむ。微笑む。

「うふ、うふふふふ」

笑えてしまう。だって、だって。

「ど、どうした？　ナオ」

「だって、アバターが動くんだけど。アバターと同じにぼくも動くんだけど」

「なに言ってるのかわからないぞ。突然、顔が変わって、混乱するのはむりないが。しっかりしろ」

「こんなん、アバター返しじゃないですか。こちらに返ってくるんだから、これが実体……」

そう。鏡に映っているのは、絶世の美少年だった。年齢は十五歳と聞いている。子どもから青年に至る前の、まさしく少年としか形容のしようのない絶妙なお年頃だ。

お肌が白い。そして、毛穴というものがどこかにいっている。陶磁器みたい。

ややウェーブがかった髪は蜂蜜(はちみつ)みたいな金色をしていて、目は宝石のように鮮やかな青。まつげが長い。どうりで瞬きするたび風が起きると思った。唇は赤く、興奮状態であるからか、頬は薔薇色(ばらいろ)になっている。

「あれ、もしかして、ぼくの身体の元持ち主は美しきゾンビマスター？　そのうえ、魅了使い？　なに、その濃ゆい設定」

それは、嫌われるわ。ラノベで言えば、「悪役令息」じゃん。

「いーやーだー！」

がたがた震えながら、ナオは叫んだ。

「おばあちゃん、信じてください。ぼくはホラーは嫌いで、死霊も使わないし、おばあちゃんのことを魅了しようとも思っていません」

マーサはあきれたように言った。

「そんなに情けない声を出すでない。男の子であろう」

「男の子だって、そうじゃなくたって、こんなときには、情けない声が出ますよ」

ぷっと、イノセンシオが笑い出した。

「マーサ、もういいか？」

「なにやら、気が抜けたわ。ふむ。確かに。坊ちゃまのおっしゃるとおりかもしれぬ。悪人にしてはあまりにもふぬけすぎるのう」

あの。それは、馬鹿にされているんでしょうか。それとも、褒められているんでしょうか。

イノセンシオがしてやったりというように、口の端を曲げる。猫なで声で、マーサに語り出す。

「マーサ。俺が、マーサやこの家のみんなを危険な目に遭わせるわけがないだろう。俺にとって、この屋敷の者たちは、身内同様だ」

「坊ちゃま……」

「この者の肉体はアリステラだが、魂は違う。俺はそう信じている。そうだな。もし、この者が屋敷の人間にあだなすなら、そのときには俺が切ろう」

ナオは思わず、イノセンシオを見た。

たいへんにびびってしまう。

そういえば、今さらなんだけど、会ったときにイノセンシオは、剣を携えていたよね。あれって、いつでも自分をナニするためだったんだ。

「おまえが、屋敷の者を傷つけたときには、容赦はしない」

「ひー！」

ひどく、情けない声が出てしまう。イノセンシオは楽しそうに笑った。

「だが、ナオ。おまえはそんなことはしないだろう？」

ぶんぶんと首を横に振る。

「しないよ。ぼく、おばあちゃん、好きだもん。よく、話してたもん」

「だれがおばあちゃんじゃ！」

マーサはそう言ったのだが、最初の勢いはなかった。

「マーサ、改めて紹介する。こちらは、ナオ・マブチ。大精霊の導きによる転生者だ」

ナオはぺこりと礼をした。

「ナオです」

「転生者か……」

ふっと息を吐いたマーサは杖に寄りかかるようにして話し始める。

「わしが子どもの頃も、自称転生者は何人かおったものよ。その頃わしは、王宮で働いておったからの。噂にはよく聞いた。たいていは、今日明日にも処刑されようという極悪人の、最後のあがきよ。だがな、中には違う者もおったんじゃ」

え、じゃあ。

「ぼく以外にも転生者がいたんだね」

「まあ、聞け。おぬしは気が早くていかん。そうではない。大精霊はめったに人間には干渉しない。生き死ににがかかっていたなら、なおのことよ。精霊宮におわす精霊王だとて、その息吹(いぶき)を感じるのがせいぜいなのだ。わしが見たのはな。自分が転生者だと信じている者どもよ。己の罪を悔いるよりなにより、ただ目の前の罰から逃れたいあまり、願望を真実にしてしまったんじゃろうなあ」

そこまで言うと、マーサはナオのほうを向いた。目を見ずに話す。

「イノセンシオ様は慈悲深いお方じゃ。我ら使用人を窮地に落とし込むようなことをなさるはずがない。信じておる。じゃが、おぬしが自分が転生者と信じているだけではないと、誰が言い切れよう」

「マーサ」

言いかけたイノセンシオを、マーサは止めた。

「坊ちゃん。かつて、王宮から坊ちゃんについてこのオルヴァル邸に来たこと、マーサに後悔は一切ございません。マーサは坊ちゃんを信じております。しかし、アリステラ・スタウトの悪辣さも、罪人のあがきも、信じておるのです。だからこそ、このマーサ、オルヴァル家の侍女筆頭として、お願いしたいことがございます」

「マーサさん、ぼくのこと、追い出さないで！　なんでもす……」

そこまで言ってから、イノセンシオの鋭い目に気がついた。「なんでもするとは言うな」って注意されたんだっけ。

うん、わかった。

「……なんでもはあれだけど、家事代行と簡単な修理なら、できるから。ぼく、元、便利屋さんで役に立つから」

「落ち着け、ナオとやら。おぬしに提案じゃ」

マーサは、自分のお仕着せのポケットからあるものを取り出した。

それは、りんりんと涼やかな音を立てた。

「なんだ、それは」

イノセンシオがしみじみと見る。

「ぼくには鈴に見えるんだけど……」

「俺もだな」

「これをの、こうじゃ！」

マーサは、杖を立てかけると、ぐいっと無理して背伸びする。それでも届かないので、ナオは魅了をかけないように目を閉じて、身を屈めてやった。それでようやっと、ナオの首には赤い首輪で鈴がつけられた。

小さな、金色の鈴だ。

「…………」

ナオが身を起こすと鳴る。

「うむ。この年寄りの耳にもよく聞こえるわ。これなら、みな、文句あるまい」

なんだ、これ。

ナオはそう思ったのだが、イノセンシオも同じらしい。鈴とマーサの間を、視線が行き来している。

マーサが説明した。

「アリステラと目を合わせると、魅了にかかる。意のままにされてしまう。自分がなくなってしまう。だとしたら、会わなければよいのじゃ。直接会うのは、老い先短いわしだけ。ほかの者は、このオルヴァル邸におぬしがいるときには、その鈴の音が聞こえたら身を隠すことにする。鈴の聞こえないところで作業する。調理し、掃除し、家の手入れもしよう。自分の部屋以外では、これをつけておくのじゃ。それでどうじゃ?」

気になる。これ、気になる。赤い首輪に何度もふれる。そのたびに鈴が鳴る。

「まるで、グリフの子どもだな」

そう言って、イノセンシオがにやけている。よっぽど変なんだろうな。

だが、急に彼は顔を引き締めた。

「ナオ。鈴をつけられるなんて、いやだろう。いいんだぞ、断っても」

「する」

ナオはうなずいた。

「ぴんと来ないけど、ぼくと目が合うと、たいへんなことになるんでしょ？　だったら、ぼくのことが恐いって思うの、無理ないよ。だから、するよ」

——鈴をつける、かあ。こういうお話、あったなあ。

ふふっと笑っていると、イノセンシオに「なんだ？」と突っ込みを入れられる。

「あのね。こういうお話が前にいた世界ではあったんだよ。ぼくのいたところでは、猫はネズミを捕るの。それで、ネズミは『猫が恐いから鈴をつけよう』って話になるんだ。だけど、いざ、誰がつけるのかってなると、しーんってしちゃうんだ」

私はネズミは捕りませんという顔で、黒いグリフのモカが浮かんでいた。

「マーサさんは、みんなのために、すごい勇気を振り絞ってくれたんだね」

ナオは、ぴょんぴょんと跳ねた。それに合わせて鈴が鳴る。ひどくにぎやかだ。

「ありがとう。大切にするね。だから、この音が鳴ったら、近づかないでね」

イノセンシオは拍子抜けしたようだった。

「いいのか、おまえ」

「うん、ぼく、侍女とかいなくても、身の回りくらい、一人でできるよ。それに、イノセンシオとは話をしてもいいんだよね？」

そう言って、彼の目を見る。安心して接することができるのは、今のところ、イノセンシオだけだ。

「あ、ああ」

なんだか、戸惑ったようにイノセンシオは返答した。あれ、なんだろ。いやなのかな。だったら、ちょっと、遠慮しないといけないよね。

「それにしても、魅了って、ずっと一生、つきまとうのかな」

それだったら、生涯孤独に過ごすはめになる。そんなのは、いやだな。

「一生ということはないと思うが……──。いつとは言えないな」

「いつかは、終わるんだ？」

「いつかはな。魅了は『生来の才』と言って、生まれつきそなわった魔力なんだ。魂が変わっても、その身体にしみついている。とにかく、当面は注意が必要だ。もしかして、ヴィエナだったらわかるかもしれない」

苦い顔をして、イノセンシオはそう言った。

——ヴィエナってだれだろ。

イノセンシオにそんな顔をさせる人。

グリフのモカが、鈴に手を伸ばしてくる。ナオはモカを抱き寄せた。

「お使いするなんて、すごい猫ちゃんだねー。よしよし」

ナオは、モカを撫でる。モカは翼をたたんで、子猫のように甘えてきた。

「ナオ。おまえのところの猫は伝言を持っていかないのか？」

「うん。うちんとこの猫には翼がないし。三匹飼っていたけど、お天気屋で、気まぐれで、わがままで。たまにネズミを捕まえて持ってきてくれた。いらないのに」

「飛ばず、使いをしないなら、なんのために、飼ってるんだ？」

うーんと、ナオは考えていた。手のうちでモカがもっと撫でろとごろごろ喉を鳴らしている。

「うーん。可愛いからかなあ」

そう言って、モカを撫でる。そのナオを、イノセンシオは目を細めて見ている。

そうでしょ。猫ちゃん、可愛いよね。そういうふうな顔をしてる。

「なにかを可愛いって思って、それが幸せそうだと、自分も嬉しいからね」

「なるほどな。わかる気がするな」

イノセンシオはうなずく。

「でしょー？」

ぷっとイノセンシオは吹き出した。マーサさんが、「だんな様がお笑いに……」とつぶやいている。

え、なんで？　イノセンシオ、けっこう、笑うよね。あ、マーサさんの前では、威厳を保っていたのかな。

「いいな、ナオ。おまえは、いい」

そう言って、ナオの肩に手をかけたイノセンシオは、まだ笑っている。

「そうか。可愛がりたいから、か。なるほど。可愛いから……――」

イノセンシオはそう、口の中で繰り返していた。

■06　夕食と入浴

寝室は二階にあるので、足の悪いマーサではなく、イノセンシオが案内してくれた。

「これがナオの部屋だ。狭くて悪いな」

いやいや、謙遜（けんそん）はいらない。

「きっと、この部屋にぼくの実家が丸々入るよ……」

ふかふかの絨毯（じゅうたん）が裸足に優しい。

室内に大きめの執務机と軽食をとるのに最適なこぶりなテーブルと椅子（いす）、衣装簞笥（だんす）、長椅子があった。

寝室を覗いて、ベッドがプールのように大きいのに驚く。天蓋（てんがい）があって、レースの幕が引かれている。

バスやトイレなどの水回りを確認し、割と現代的であることに「グッジョブ！」と安堵（あんど）した。ラノベを読んでいて、まず気になったのは、そこだったのだ。

科学は中世あたりだと思うのだが、魔法の影響で、便利になっているのだろうか。

「お風呂に、入っていい？」

「風呂の使い方は、わかるか？」

「うん、たぶん」

――ようやく、お風呂に入れる！

裸足で、足が、痛かったのだ。じっくり揉（も）もう。

「俺が、洗ってやろうか？」

「ひっ？」

なんと、いうことを。イノセンシオはにやにやしている。

「俺は、アリステラのきれいな顔には興味ないから、安心しろ」

「恥ずかしいから、いいよ」

イノセンシオは笑い出した。どうやら、からかわれていたらしいと気がつく。

「俺は隣室にいる。なにかあったら、大声で呼べよ」

そう言って、出て行った。

バスルームで服を脱ぐ。

白い卵みたいな、半円形のバスタブに湯がたたえられている。身体を沈める。

「ふー……」

魔法なのか。どこかで循環させているのか。湯がいつまでもあったかいのが幸せだ。ばっしゃばっしゃと足をばたつかせる。

ちょっとだけ、足に湯がしみた。見ると、いくつもの傷があった。

そりゃあ、そうか。

今日は、裸足でよく歩いたもんなあ。

「おつかれ、ぼくの足」

――うーん。それにしても、美少年は、足先まで、きれいなんだね。

爪が薄桃色をしている。桜貝のようにつやつやと輝いているのだ。

姉がペディキュアだとかいって、足の爪になにか塗っていたけれど、少しだけ、気持ちがわかった。キラキラしたものでデコったら、この足の爪はさぞかし映えそうだ。

立ち上がると、自動的に、上にセットされた漏斗状の金具から、湯が注がれてきた。

「うー、気持ちいい」

風呂から出て、用意されていた服を着る。下着は紐で留めるようになっていて、その上にシャツと下穿き、さらに上に貫頭衣を重ね着する。だぶだぶだけど、ベルトで締めれば、なんとかなった。

「靴は？」と思ったところで、部屋の外から声をかけられた。

「出たか？」

イノセンシオだ。

「靴を持ってきた。その前に手当てをしよう」

イノセンシオもお風呂に入ったんだろう、こざっぱりしたシャツにベストという姿になっている。そうなると、思っていたよりも、ずっとこの人は若いんだなって気がする。

手には、靴と壜を持っている。

「そこの長椅子に座れよ。今日は、裸足で歩いただろ？」

「うん」

おとなしく、長椅子に腰かける。イノセンシオはひざまずくと、壜の中身を手のひらに受けた。彼がうつむくと、黒い髪がさらりと揺れた。

「少し、痛いかもしれないが」

彼はナオの足を取ると、手で粘度のある薬を塗り込んできた。うわ、なに、これ。痛い。

「痛い、痛いよお！」

「暴れるな。すぐにおさまるから」

「イーノ、もう、離して！」

「治すなら、早いうちなんだ」

わーん、イノセンシオのばかばか。むりやりぐいぐい足指の間にも塗られてしまう。そうされるたびに痛い。

「うううう」

ぽうっと、足が温かくなった。と、思うと、傷が消えていた。

「わあ……」

医学はもしかして、前の世界より進んでいるかもわからない。

「な？　さ、おとなしく、もう一方の足も出せ」

「うう」

しかたなく、もう片方もさしだした。イノセンシオが笑っている。よく笑う人だなあ。頼れる兄貴って感じ。

「よし。次は服を作るための計測だ」

めっちゃ、身体を測られた。

「うう。服は、これで充分なのに」

「お偉いさんにも会うからな。作っておいたほうがいい」

イノセンシオはそう言って、木綿らしき穿き心地の靴下とつっかけみたいなスリッポンを穿かせてくれた。

「ちゃんとした靴も、そのうち作るから」

イノセンシオはそう言った。


一階の食堂に行くと、夕食の用意が調っていた。

イノセンシオによると、普段は給仕されながらしいのだが、今日はもちろん、だれもいない。家族用のテーブルだというそれは、十人はいけそうな大きさがあった。

どんだけ大家族になる予定なんだ。

テーブル上の湯気の立つ食事を見て、おなかがぺこぺこであることに思い至る。

「わー、おいしそう」

「この近くの森で捕れた鹿肉のローストだ」

鹿肉がメインディッシュで、そこにマッシュされたジャガイモ、茹でたニンジンと芽キャベツ、パンとスープという取り合わせだ。さらに、赤ワインが添えられていたが、ナオは酒は苦手なので、形ばかり口をつけただけだった。

「子どもに酒は毒か」

「子どもじゃないって。お酒は元からあんまり飲めないんだよ」

ナオはじっとイノセンシオを見た。

「なんだ？」

「イーノはおとなの人って感じがする。お酒が似合ってる」

イノセンシオは戸惑ったようだった。

「それは……褒め言葉なのか？」

「見たまんまを、言っただけだよ。あ、不躾だった？　ぼく、わりと思ったことを言っちゃうから。だめだったら、言ってね。直すから」

「別に、直す必要はないんじゃないか。素直でわかりやすいのは、おまえのいいところだろう。……そうだな。もう何年も一人晩酌をしているからな。堂にも入るだろう」

そう言いながら、イノセンシオは壜から酒を注ぐ。

「一人で？」

「給仕はいるが、酒は自分で注ぐのが好きだな」

この広いテーブルに、ずっと、一人。

「それは……寂しいね」

「王都に行けば、飲む相手ぐらいいる。ここでは、いないだけだ」

「そっか。それなら、よかった」

ここって、中世っぽいもんね。階級が違うと、同席できないのかも。

うんうんとナオは納得する。

食後には、林檎(りんご)の匂いのお茶が出た。砂糖とミルクを入れて一口飲むと、鼻に抜ける香りが素晴らしい。にこにこしていると、イノセンシオが嬉しそうにこちらを見ていた。

「甘いものは、好きか？」

「好き！」

即答した。

ナオの喉元で鈴がちりんちりりん鳴る。イノセンシオは笑う。

「どんなのが好きなんだ？」

「バターたっぷりのフルーツケーキとか、さっくりした焼き菓子とか、クリームの入ったクレープとか、カスタードの入ったパイとか」

答えつつ、そういえば、言葉に不自由しないなと、今さらながら思う。お菓子の名称も、いい感じに翻訳されている。

「そうか。うちの料理長は、菓子も得意だったはずだ。菓子を作れば、おこぼれにあずかれる侍女たちも喜ぶだろう」

この世界にお砂糖とバターと小麦粉がある幸せ！

食後、鈴の音を響かせつつ、二階に上がる。きれいに掃除されているのに、すれ違う人はいない。ふしぎな感じ。

ここには、イノセンシオと自分だけしかいないみたいだ。ナオは聞いてみた。

「あのさ、イノセンシオは結婚とかには興味ないの？　公爵様だったら、引く手あまたじゃないの？　婚活市場でも入れ食いでしょ」

「コンカツがなにかはいまいちわからないが、俺のところに嫁に来ようなんて物好きはいない」

「えー、そうなの？」

安心半分、疑問が半分。

「イーノ、いい人なのにね」

イノセンシオはあきれたように言った。

「今日、会ったばかりだというのに、なにを言う」

「だって、ぼくのこと、助けてくれたじゃない。マントで隠して運んでくれたし。ここに引き取ってくれたし」

「たまたまだ」

「それだってだよ。知らんふりだってできたじゃない。保身のためにそうする人のほうが、多いよね。でも、イーノは違ったでしょ」

イノセンシオは苦笑いした。

「まったく、かなわないな。おまえには」

口ではそう言っていたが、いやではないことが伝わってきた。

イノセンシオが「じゃあ、おやすみな。ナオ」と寝室の前で挨拶してくれた。

「うん。イーノ、おやすみなさい」

長椅子の上に畳まれてあった簡素なシャツが、ナオの寝間着になった。

「これ、イノセンシオのなのかな。おおー、彼シャツの大きさだ」

ぱたんとベッドに横たわる。部屋の中は、淡い光で照らされていた。これってどこから来てるのかな。魔法かな。

「うう、ベッド、広い」

窓の外からかさかさと乾いた音がする。

「なに？」

初めての国。初めてのおうち。

自分のいたところとは違う世界。違う動力。違う考え方。違う法律。

「そ、ソロキャンだと思えば」

いやいや、思えないですよ。これは、全然違いますよ。ここは知らない世界。知らない場所。

「疲れているのに。眠りたいのに。眠れないよう！」

初めての場所でソロキャンしたとき、最初の晩はこんな感じになる。「厳重注意」と身体が訴えてくる。目が冴(さ)えてしまう。

それに、なんだか、急に恐くなってきた。このまま目を閉じたら、もしかして、目が覚めないかもしれない。

だいたい今日は、自分、雷に打たれて死ぬところだったんだ。ていうか、前の世界では死んでる。

さらに、一歩間違えば斬首という時代錯誤な目に遭うところだったのだ。

危機一髪で生き延びたのだ。

「なんて、ぎりぎり！」

それを思ったら、どきどきしてきてしまう。眠るなんて、むりだ。

イノセンシオの部屋は、隣だったはず。

「えーい、ままよ」

ベッドの上に起き上がる。廊下に出る。鈴は外しているから、静かだ。

隣の部屋の扉をそっと、ノックした。

「イノセンシオー……」

まことに情けない声をあげる。

「どうした？」

イノセンシオは、すぐに出てきてくれた。ネグリジェみたいな夜着姿だった。

「イノセンシオ。寝てるときに、ごめんね。こ、恐くなっちゃって……。男なのに、情け、ないよね……」

語尾が小さくなってしまう。「そうだぞ、帰って一人で寝なさい」と言われたら、どうしようと思ったのだが、イノセンシオはそんなことは言わなかった。「だよな」とうなずいてくれた。

「転生して、査問会に行って……。初日から、ハードだったよな。一人にして、俺が悪かった。心細かったな。ほら、来い」

イノセンシオはそう言って、身体を傾けて室内に入れてくれた。

執務室は自分のそれとほとんど同じだったが、本があったり、長椅子にマントがかけられたままになっていたり、生活の匂いがする。それに、ちょっと、安心する。

おいでと言われて、寝室に入って、ベッドに上がる。彼が手招きするので、畏れ多くも公爵様のすぐ隣に寝そべった。

イノセンシオが、笑いながら手を伸ばしてナオの頬にふれながら、言った。

「こんなにベッドで人と近づいたのは、おとなになってからは、初めてだな」

「そうなの?」

「ああ。俺の、背中には一枚の鱗があるんだ」

「え、どんなの?」

見たい。そう思って、身を起こすと、イノセンシオが慌てて横になるよう、うながした。

「さわるなよ。ぜったいにさわるなよ」

これって前振りですか？

「さわらないよ」

「ふだんは見えないんだ。だが、感情が高ぶると緑に輝くそうだ」

「もしかして、竜公爵ってあだ名とかじゃなくて、ほんとに本物なの？」

「まあ、そうかな。こいつは、自分ではどうにもならない。俺という肉体に付属しているものだ。俺は、やつだ。こいつは、アリステラの『魅了』同様、俺にも生来の才がある。『竜王の血』っていにしえの竜の血を引く一族で、その先祖返りをした。だから、俺には生来魔法が通じないし、強い力がある」

初めて会った人と、こんな深い昔話をしているなんて、なんだか不思議だ。みんなでキャンプに行って、焚き火を囲んでいるときみたいだ。

焚き火が心の奥まで照らして、言葉が出てくるみたいに、気持ちが通い合っている。イノセンシオは言った。

「俺が八歳のときだ。つまらないことから、言い争いになり、弟がこの背中の鱗にふれた。そのときに、俺が激昂していたからだろう。あたりには、嵐のような風がまきおこり、弟は額に傷を負った。そんなつもりは、なかったのに。弟が、あの程度のケガですんだのは、幸いとしか言いようがない」

そういうの、聞いたことがあるよ。そうだ。逆鱗(げきりん)。竜には一枚だけ逆さの鱗があるんだって。それで、そこにふれられると怒り出すんだって。

「そっか……たいへんだったたんだねえ……」

ナオは、そう言った。早くも眠くなっている。

「だから、ここにいるの？　一人で？」

「そうだ。俺は、鍛錬して、感情を制御するようにした。さらに、万が一のことを考え、王都から離れたところに居を構えた」

「今は、大丈夫。ぼくがいるからね」

そう言って、イノセンシオの頭を撫でた。

ナオの目は閉じかかっている。眠い。眠すぎる。

「おい？」

イノセンシオは、笑みを殺しているようだった。彼が、自分を抱きかかえてくれる。

「おまえは、緊張とか、警戒というものを、前の世界に置いてきたのか？」

人って温かいんだね。

二人で、テントの中にいるみたい。とっても、安心できるよ。

ここは、安全。二人でいれば、なにも、恐くないよ。

■07　プラムベリー

朝起きたとき、ナオはまだベッドの中で、イノセンシオに抱きかかえられていた。

「よく眠れたか？」なんて、優しく言われて、一人で寝ることさえできない自分が恥ずかしくなる。イノセンシオは、気にしてないみたいで、それは幸いだった。

起き出しながら、話をする。

「今朝はおまえのためにジャムを出してもらったからな」

「わ、ありがと！」

パンにジャムという取り合わせが好きなのもあるのだが、それよりなにより、イノセンシオの気持ちがありがたい。みんなが自分を疎（うと）んでいても、イノセンシオがいたら、なんとかなる。そんな気がする。


朝ごはんのテーブルの上には、スコーンみたいな形の、やや素っ気ないパンに、こっくりしたクリーム、そして、オレンジとベリーとレモン、ジャムが三種類並んでいた。

豪華だ。

こちらの果物は香りが高いのか、ジャムがめちゃくちゃおいしい。

「すごい、おいしいよ。イーノ！」

なによりも、イノセンシオの心遣いがご馳走だ。

「そうか。よかったな。ナオ。おまえ、クリームがついているぞ」

イノセンシオは笑ってそんなことを言って、頬からそのクリームをとると、舐めてしまう。

性的な意味合いは感じられない。そんな気がないのはわかっているのに、顔が赤くなってしまう。

イノセンシオはまったく平気なのに。

――この人にとっては、自分は、弟みたいものなのかな。

なんて。どうして、こんなことを気にしているんだろう。なんだかこう、すっきりしない、もやっとした気持ち。うまく言えないもどかしいなにかが、自分の中に芽生え始めているんだ。

食事が済むと、イノセンシオが言った。

「ナオ。今日は、俺、ちょっとでかけてくるから」

「そっか……」

そうしたら、自分はここで一人だ。この、オルヴァルの屋敷の中で、進んで自分に話しかけようという人間はいない。ナオがしょげていたのがわかったのだろう。

「そんな顔をするなよ。できるだけ早く帰ってくるから」

「ん……」

「なんだ、寂しいのか?」

からかうように言われてしまうが、その通りなのだ。

「そうだよ。だって、こんなだもん」

そう言って、部屋を出るときからずっと、つけている喉の鈴を指さす。この音がしている限りは、誰も自分に寄ってこない。

「ぼくには、イーノだけなのに」

言ってから、わがまますぎて、恥ずかしくなった。イノセンシオは自分のために、後見人にまでなってくれたのに。

イノセンシオは、驚いたような顔をした。

「おまえは、すごいな。率直で正直だ。よくそんなにすぐに言葉にできるな」

「それ、ほめてるの？」

子どもっぽいと、侮られている気がする。

「ほめてるさ。素直ってのは才能だ。もしくは、訓練。みんながおまえみたいに、自分の気持ちをうまく口にできたらいいのにな」

そう言って手を出して、イノセンシオはナオの頭を撫でてくれた。

「俺は、本気で、おまえを生き延びさせたいんだ。だから、いい子で、留守番しててくれ」

「うん……」

やっぱり、子ども扱いだ。

だけど、それもしょうがない気がする。実際の年齢以上に、イノセンシオはおとなっぽいんだもの。

「鈴をつけて、にゃんにゃん、にゃーん！」

一人で退屈していたナオは、でたらめな歌を歌いながら、屋敷の中を歩き回った。

建物の外に散歩に出てみる。

なかなかに広い屋敷で、本館のほかに、厩舎とか、牧場とか、養鶏場とか、農産物を加工する工房みたいなものまであった。

当然ながら、誰にも会わない。

イノセンシオのグリフであるモカだけが、鈴の音が気になるのか、ナオのでたらめな歌が気に入ったのか、ふわふわと自分の隣についてきた。

「おまえ、イーノのところに行ってなくていいの？　おー、おいで、おいで」

手を伸ばすと、首を傾(かし)げながら近寄ってくる。そっと、その身体を抱き寄せてみた。

「お、お、おおおおお――――っ？」

自分の知っている猫とは違っている。毛がおそろしくふわふわしていて、指が毛の中にめり込んでいきそうになる。本体は、もっともっと細い。身体を浮かすために、体重を軽くしているのだろう。

「うん？　うん？」

ナオは、モカのおなかに顔をつっこんだ。

「いや、なに、これ。いい匂いがしている。すごい」

バターつきパンみたいな、ふくぶくしくも香ばしい匂いなのだ。なめたら、おいしい味がしそうなくらいだったが、口に入ったのは、柔らかい毛だけだった。

「うー、ぺぺっ！」

モカは、なにをするんだというように、身をよじっている。

「ごめん、ごめん。もう、しないから。だから、もうちょっと、こうしててよ。ぼく、話し相手がいないんだよ」

だが、モカは、しゅんと飛び去ってしまった。

グリフにさえ、嫌われてしまった。虚しさのあまり、笑えてきてしまう。

なんか。ブラック不動産屋に勤めていたときみたい。

とにかく、ノルマ、ノルマのところだった。今から考えたら、あやしすぎるんだけど、当時は、上司をがっかりさせないよう、ノルマを果たすために必死だった。

やばいなって思ったのは、仲良くなったおばあちゃんがいたからだ。そのおばあちゃんに、銀行から借り入れさせて、預金をすべて使わせて、アパートを買わせようとしていたんだ。だけど、こんなん、だめだって思って。そうしたら、上司が言ったんだ。

「相手を人間だと思うから、ためらうんだよ。金を出してくれる機械だと思えばいいんだ」

そんなことを言う上司こそ、人じゃない顔をしていた。

ぞっとした。

直後、ナオは蕁麻疹が出て人前に出られない顔になってしまった。もう辞めろと言われると思ったのに、上司は猫なで声で「もう少しがんばってみようか」と電話してくる。踏ん切りがつかなかった。

顔の蕁麻疹が引き始めたころ。深夜、コンビニにアイスを買いに行った。そのときに、高校のときの部活の先輩、坂下さんに行き会わせて。向こうから、「ナオ」と声をかけてくれたんだ。

坂下先輩は、ナオが勤めていた不動産会社を知っていた。

「ああ、あそこ。新しくできたとこな。あの業界にも知り合いはいるけど、けっこう、むちゃなことやってるらしいな」

「そう、なんだ……」

そう言われてみれば、とにかく契約書にはんこをもらえって、あまりにも強引すぎないか。

「近く裁判起こされるんじゃないかって、もっぱらの噂だぞ。もしかして、そのまえに計倒産するかもな。常套手段だ」

「……」

ナオは、ぼりぼりと長袖をまくって蕁麻疹を掻いた。夏だというのに、自分は長袖を着ていたのだ。それを見て、先輩はなにかを悟ったらしい。コンビニの外でアイスを食べているナオに、優しく言ってくれた。

「おまえ、そういうの、向いてないよ。俺、今、何でも屋やってんだけどさ。人手が足りなくてさ。おまえ、来ねえ？　犬の散歩とか、猫の餌やりとか中心だけどさ」

「うん……はい……」

それで、ブラック会社を辞めて、先輩のところにお世話になったんだ。


ナオはつぶやく。

「楽しかったなあ……」

今までは不動産をおすすめして成約しても「いいのか、これで」の気持ちしかなかったけれど、「何でも屋」は、仕事をしたら、喜んでもらえた。動物には好かれるほうだったし、犬も猫も可愛かった。

先輩はよく飲みに連れて行ってくれて、ふっと気がつくと、やけに熱い目でこちらを見ているんだ。そうされると、自分は、どきどきしてしまった。

「うわー、先輩のばかあ！」

それ以上に大馬鹿なのは、自分だ。

「もう、ばかばかー！」

気がつけば、屋敷の外れ、森の入り口まで来ていた。この森はまだ、敷地内なのだろうが、中に入ったら迷子になりそうだ。

「かえろ。心配している……人はいないだろうけど。おなか、すいてきたし」

そのとき、低木に木の実が生っているのに気がついた。紫色で、親指の先ほどの大きさがある。

「これ、食べられるのか……な？」

そっと一つ、つまんでみる。実がぷちっとはずれた。クンクンとその匂いをかいでみる。

「んん……？」

なんか、いい匂いがする。

ぱくっと口に入れてみた。噛みしめると種の周囲の果汁がじゅわっと口の中に広がる。

「ふっ？」

おいしい。ぺっと種を木の下に吐き出す。

サクランボと野生のベリーを混ぜたみたいな味がする。それにしても、こんなにおいしいなら、鳥に食べられてしまいそうなものだけれど、きれいに残っているってことは、魔法で鳥除けしているのかな。

そう思いつつ、「もう一個」と手を伸ばしたそのとき、「あら、あなた」と、声をかけられた。

三十歳くらいの胸の豊かな女性がいつの間にか、かたわらにいた。彼女は顔をしかめている。

「もしかして、プラムベリーを、食べたの？」

「ごめんなさい。おいしかったから」

彼女と目が合ってしまった。チカッとなんだか光った気がする。

え、なに？

女性はにっこり笑った。さっきの光は気のせいかな？

「ここは、公爵様の果樹園なの。特別いい実が生るように調整しているのよ」

「調整ってどうやるんですか？」

「水とか、肥料とか、虫とか、菌類とかを、魔法で微調整するの」

おお、ということは。

「あなたは、魔法使いなんですね？」

「そうよ、生活魔法の魔導師よ」

彼女は、じっと、ナオの顔を見てきた。

「なん、でしょう？」

気まずい。実を食べたのを咎められているのかな。でも、食べたのは一つだけだからね。

「あなた、とてもきれいな目をしているのね」

「はい？」

そうか。そうだった。慣れないんだけど、自分は絶世の美少年なんだった。ナオはあとずさりする。

「そんな貴重な実を食べちゃって、すみませんでした」

「いいのよ。そんなに食べたいなら、うちに来るといいわ」

彼女は歩きだす、手にはカゴを持っていた。中にプラムベリーがたくさん入っている。ついてこいというように、彼女はこちらを振り向いた。

「え、ちょ……運びます！」

「あら、ありがとう。きれいなだけじゃなくて、とても親切なのね」

「え、はあ、まあ」

嬉しいのは、後ろ半分だ。顔を褒められても、もともと、自分のものではないので、なんとも思わない。なんかこう、貸し与えられている感じなんだよね。

プラムベリーの茂みを抜けたころ、森の中に小さな家が見えてきた。そこに、二人は入る。中は、魔法に使うためなのか、薬草が紐に渡され干されていた。

「じゃ、ここまでで」

「ありがとう」

「いいえ」

うん、ちょっといい気持ち。感謝されるの、好きだ。何でも屋の仕事、気に入ってたんだよな。

「じゃ、帰りますね」

「だめ、まだ帰っちゃ」

彼女は扉を閉めてしまった。

——なんですと？

「さあ、プラムベリーを食べて。あーん」

彼女の目が見開かれている。そのときに、ようやくナオは悟った。

「これは、魅了……！」

「さあ」

無理やり、口の中にプラムベリーの実を突っ込んでくる。種まで飲み込んでしまい、目を白黒させたのだが、口に次のプラムベリーが、指と一緒に入ってきた。

いやがると、床に引き倒された。

——もう、やめてえええ！

叫びたくなる。

「おい、帰ったぞ」

その声とともに、屈強な男の人が入ってきた。そして、女性の下敷きになっているナオを見て、「おまえら、なんてことを」とわなわな震え始めた。

「男を引き込むような女だとは思わなかった。おい、そこのやつ、俺の女房になにをする？」

「ちが、ちがうんです！」

目をそらせようとしたのに、その人もこちらの目を覗き込んできた。あああ、なんで、そんなことを。

「おまえ、きれいな目をしてるんだな」

男の目が見開かれた。チカッとした。しまった。魅了にかけてしまった。

「もう、プラムベリーは……」

「たくさん食べて」

「もっと食え」

それからあとは、地獄だった。二人に押さえつけられ口に実を押し込まれ、じたばたともがき続ける。

——もう、限界……

種を喉に詰まらせて死ぬ。査問会でもなんでもなく、プラムベリーの種に殺される。こんなのありですか？

そのときだった。足音がしたかと思うと、ばんと扉が開かれた。

「ナオ！」

「イーノぉ！」

イノセンシオだった。彼は一目見て、事情を悟ったらしい。ぐっとナオは二人から、引き剝がされる。ナオはイノセンシオに抱きついた。

「う、うう。恐かったー!」

それでも、二人は、ナオに向かって寄ってくる。

「行かないで、ここにいて」

「連れていかないでくれー!」

あああ、ゾンビみたいにすがってくる。

ど、どうしたら……。

「変な顔をしろ」

イノセンシオが言った。

「え、イノセンシオ。なに言ってるの?」

「いいから。とびきり、おかしな顔をしろ」

「う、うん」

なにがなんだかわからないまま、思いっきり顔をしかめてみせた。二人は吹き出す。それとともに、「あら?」「なんだ?」と、憑き物が落ちたように冷静になった。

「イノセンシオ様?」

「どうして、領主様が」

「はー、間に合ってよかった。悪かったな。こいつに悪気はないんだ。事故みたいなもんだから、不問にしてくれ」

「え、ええ。イノセンシオ様がそうおっしゃるなら」

外に出ると、モカが飛んでいた。もしかして、この子がイノセンシオにぼくのいる場所を伝えてくれたのかな。

「イーノ。ありがとう……ございました……」

はああああと息を吐くと、イノセンシオは、ナオの両肩に手を当て言った。

「いいか。おまえは美しいんだ。とびきり、きれいなんだ。そのうえまだ、アリステラの生来の才、『魅了』が作用してるんだ。俺以外の人間と接するときは、ほんとに注意してくれ」

「うう、はい……」

「おまえの姿が見えないと、マーサたちが心配して、連絡をよこしたんだ。鈴の音がしなくなったと」

「そうなんだ……」

そっか。姿は見せないけれど、見守ってくれていたんだなあ。この鈴は、人よけなだけじゃなくて、位置を知らせてくれるＧＰＳがわりもしていたわけだ。

「なに、嬉しそうな顔してるんだ」

「だって」

直接、顔を見ることができないのは残念だけど、気にかけてもらっていたのが、嬉しいんだもの。

「ぼくの魅了、いつになったら、なくなるのかな」

「今日、詳しいやつに聞いてきたんだが、一年はかからないだろうと言っていた」

「一年……」

一年は長いな。うう、つらい。

「すぐだ、すぐ」

そう笑って、イノセンシオがナオの背を叩いた。

「う」

叩かれたせいではないだろうが。

「ど、どうした?」

「なんだか。気持ちが悪い」

胃の中がぐらぐらする。

「もしかして、プラムベリーを食べたのか? たくさん、食べたか?」

イノセンシオが、珍しくあせっている。

「うん。ごめんね。イノセンシオのものなのに。ぼくはいらないって言ったんだけど、魅了にかかっていたから、押し込まれた」

「あれは、加熱しないまま大量に食べると腹を壊すんだ」

「道理で……。う……」

ナオはイノセンシオにひょいと抱え上げられた。

わーい、お姫様だっこー、なんて、言っている場合じゃない。

「だめです。気持ち悪い。ううー」

ナオは必死に自分の口を押さえた。


ナオは、ベッドに寝かされた。吐き気がすごくて、ごはんがまったく喉を通らない。

わざわざ二階まで来てくれたマーサに、厳重に注意された。

「ナオ殿は、まだ、右も左もわからないのですから、そこらにあるものを口に入れてはなりません」

まったくもってその通りだよね。面目(めんぼく)ない。でも、お腹気持ち悪い。うえええええ。

「ここは俺が見ているから、マーサはもう休め」

「しかし。そのようなこと、だんな様に」

「団には属していないが、これでも一応、騎士の称号を持っているんだ。出先では、酔った若い騎士の面倒を見ることもあったさ。ほら、ほら。夜更かしは身体によくないぞ」

「そうでございますか。ならば、そうさせていただきますが」

よかった。イノセンシオがそばにいてくれる。こんなときに一人でいたら、心細くて泣きたくなってしまっただろう。

「イーノ」

「なんだ？」

「ごめんね」

「どっちだ？　相手を魅了にかけたことか？　それとも、プラムベリーを食べすぎたことか？」

「どっちもだよ。ほんとに、情けないよ。もう、誰とも目を合わせない。イノセンシオだけにする」

イノセンシオはなんだか、嬉しそうに笑って「そうか」と言った。

「まあ、あの程度で済んでよかったよ。魅了解除の方法はヴィエナに聞いてわかったし」

ヴィエナってだれだろ。前にも、聞いたことがあったような。

「変顔すればいいの？」

「それについては、また、元気になってからな」

「元気になるかな、ぼく？」

「生のプラムベリーを食べた子どもはたくさんいるが、一晩で治ったよ」

ナオは聞く。

「イーノも？」

「うん？」

「イーノも、食べたことあるの？　苦しかった？」

「俺には、毒は効かないんだ。だから、食べてもうまいだけだ」

「そっか。よかったあ」

ナオは、ほんわり笑った。

「なんで、笑う？」

「だって、こんなに気持ち悪いの、つらいじゃない？　イーノがこんなんならなくて、よかったよ」

「おまえは、いい子だな」

そう言って、イノセンシオは頭を撫でてくれる。嬉しいのに、なんだか少し、寂しいんだ。もっと、違うふうに、イノセンシオと接したいんだ。それがどうっていうのは、まだ、うまく言えないんだけど。


それから五日たっても、ナオはベッドから離れることができないでいた。

イノセンシオは心配になる。

村の子どもらが一晩で治ったと言ったのは、嘘ではない。嘘ではないが、頑強な村の子ときゃしゃな身体を持つナオでは、明らかに体力に差がある。それに、転生者は、身体に魂が馴染(なじ)むまで時間がかかるという。それがどう影響するか、わからない。だが、なってしまったものはどうにもならない。

「俺にうつしておまえがよくなるなら、いいのにな」

苦しげな青い顔をただ見ているしかないというのは、こんなにもつらいものか。彼の手を自分の額に押し当て、「早くよくなりますように」と祈る。

「あのね、イノセンシオ」

小さな声が告げた。

「うん？」

「どうしよう。課題が遅れちゃう。一ヶ月しかないのに」

苦しいからか、不安のためか。ナオは涙ぐんでいた。

「大丈夫。ちゃんと、俺が考えてるから」

上掛けの上からぽんぽんと軽く叩いてやる。

「うん」

「おまえは気にするな。どれ、撫でてやろう」

そう言って、上掛けの下、彼の寝間着ごしに腹を撫でてやった。

「うう、気持ちいい……」

ぽうっとした顔で言われると、なかなかにくるものがある。妙な色気があるのだ。

「もっと、して……」

「あ、ああ」

やましいことをするつもりは決してないのだが、変な気になる。

べそーっとした顔で、ナオは言った。

「あのね、ぼく、マーサに杖を作ってあげたいんだ」

「うん？」

「一本足じゃなくて、四本足の杖。頑丈で、マーサがもたれても、びくともしないの。それでもって、軽いの」

「よくなったらな」

「マーサは、いやかなあ。ぼくからだったら、いやがるかなあ」

「そんなわけ、あるか」

腹から手を離して、彼の額に当てる。そうだよな。こっちの世界でこんなに疎まれて、気にしていないはずがない。

ああ、それなのに。

自分は、この、大精霊の愛し子を、独り占めできることを、どこかで喜んでいる。この事態が続けばいいと願ってしまう。これは、なんという感情なのだろう。

「ぼく、いろいろできるよ。壁も塗れるし、犬の散歩もできるし、薪割りもできるから。ほかの人たちの、手伝いがしたい。この世界やここの人と、仲良しになりたいんだ」

そうか。そうだな。おまえには、もっと広い世界が待っているんだな。

「わかったよ。だから、今は、ゆっくりしていろ」

静かにそう言うと、イノセンシオはその額にしるしのように唇を落とした。

■08　裾の刺繍

六日目の朝、ナオが自室のベッドで目を覚ますと、胃の痛みも吐き気もすっかりと治っていた。

「よかった……」

ベッドの上に起き上がり、ほっと息をつく。イノセンシオが介抱してくれたおかげだ。

「ああ、ぼくったら……」

今になって恥ずかしくなる。すごく甘えてしまった気がする。さらには、おなかを撫でてもらった。あれ、すごく気持ちよかった。

おでこにキスまで、されてしまった。

――うう。イーノ、いい人だなあ。

ノックの音がして、そのイノセンシオ当人が盆を持って入ってきた。上には湯気を立てたパン粥がのっている。彼は、ナオを見て微笑んだ。

「よかった。今朝は元気そうだな」

「もう、すっかり元気！」

「そりゃ、よかった。まずは、食事にしよう。腹の具合はどうだ？　パンを乳で柔らかく煮てもらったんだが、食べられそうか？」

イノセンシオは盆をベッド脇のテーブルに置くと、身を乗り出してきた。

——なに？

彼は、上掛けをまくると、その乾いた大きな手でおなかを撫でてきた。

「ほいや！」

おかしな声が出てしまった。

「ん？」

イノセンシオが驚いている。そりゃあそうだ。

でも、思わず出てしまったのだ。

だって、今、びくっとした。ぞくぞくってした。なんかこう、身体の奥底に響く感じだった。

なんだ、今の。

具合悪いときに撫でられた際には、ただただ、心地よかっただけなのに。イノセンシオが手を引っ込めて謝ってくる。

「もしかして、俺の手が冷たかったか？　いきなりさわって悪かったな。めしはどうする？」

「食べられる。食べたいです」

ごはんが喉を通るようになったらしめたものだった。身体に力が戻ってきて、軽く湯浴みをして昼には階下の食堂に行けるぐらいにまで回復した。

お昼ごはんの肉団子入りスープを堪能していると、マーサがやってきた。

「ナオ殿。そなたの服を誂えたので、隣のホールまで来て欲しいのだが」

「服？」

そういえば、こちらに来た晩に、いろいろサイズを測られたっけ。

「服なら、これでいいんだけど」

シャツに、ズボン。靴下に、靴。さらに貫頭衣で腰にベルト。

イノセンシオがあきれたように言った。

「おいおい、ナオ。それは、作業用の服だ。王都に署名嘆願に行くなら、さすがにそれなりのかっこうをしないとまずいだろう」

「でも、どうして、ホール？　ぼくの部屋じゃないの？」

「ものはついでじゃ。いいじゃろう」

マーサは譲らない。「いいけど」と言って、食後はホールに移った。

ホールに入った途端、目に入ったもの。それは、大きな衝立（ついたて）だった。貴婦人が一角獣を前にしているデザインだ。

「なに、この衝立」

背後でイノセンシオが「なるほど」とつぶやいている。

「イーノ、『なるほど』って言った？」

こほんと咳払（せきばら）いをしたイノセンシオは、それには答えない。マーサがイノセンシオに服を渡す。

「だんな様、着付けを頼みます」

「どれ？」

イノセンシオが服を掲げた。ナオは思わず言ってしまう。

「なんか……美麗……」

まずは、繊細なレースがついたブラウスがあった。首回りの飾り布は模様が透けている。

襟（えり）なしの短い上着は、青いベロア。袖口と裾には金糸で縫い取りをしてある。

それに、短めのズボンと白い靴下と短い靴を合わせるらしい。

なにこれ、なにこれ。

「すごい……高そう……。支払い、できない……」

庶民であるナオの第一声はそれだった。

イノセンシオは言った。

「それは、俺が出すよ」

「でも」

「王都から離れてはいるが、オルヴァルの領地は富んでいる。ここらは山間だが少し下れば、港町があり、牧草地も畑も擁している。俺は独り者で、さしたる金もかからない」

つまり、イノセンシオはお金持ちってことだね。

「にしても。なんか、凄いんですけど。ひらひらのすけすけのきらきらの」

ぼくには似合わないよと言おうとして、大きな飾り鏡が目に入った。

「うん、そんなことはないかも」

馬淵ナオには似合わない。だけど、きっと今のアリステラと合体した自分なら、いける
……――かもしれない。けど、着たくない。

芸術品みたいな服なんだもん。

イノセンシオの服も仕立ての良さを感じられるけど、こんなに派手じゃない。

前の世界では着心地重視で、自分を飾る服なんて意識したことがなかった。

「ぼくが着るなんて、もったいなさすぎだよ」

これをこのまま、美術館に寄贈したい。そのくらい美しい。

「腕を通すの、ためらっちゃうよ」

そう言うと、「えーっ！」という声が響いた。あの衝立の陰からだ。しかも一人ではない。少なくとも、五、六人はいたと思う。

「今の声は？」

イノセンシオが口元を緩ませつつ、教えてくれた。

「これはな、『淑女の衝立』という。嫁入り前の女性が、相手の男性を見極めるために、この衝立を使うんだ。こちらからは見えないが、あちらからは、無数ののぞき穴があって、こちらを見ることができる」

「……マジックミラー？」

警察ドラマであったよね。そういうのが。イノセンシオが言う。

「なにを言ってるのかわからないが、この服は、おまえのために皆がデザインを考えたんだそうだ。袖口と裾には、おまえの安全と健康、そして『五人の課題』の達成を祈って、皆が手ずから刺繍してくれたんだ」

ほら、と、イノセンシオがマーサの手を持ち上げた。そこには傷があった。

「刺繍してくれたんだね。マーサさんも」

感動して少々涙声でそう言うと、マーサはそっぽを向いた。照れているのだと、ナオにはわかった。

「わしは、こんなに贅沢なものをと反対したのじゃがな。ここの屋敷の者たちは、何せ、娯楽に飢えておるからのう」

マーサは澄ましているが、衝立の向こうからささやきが聞こえてきた。

「そんなこと言って、率先して刺繍していたくせに」

そっか。胸の奥があたたかな思いで満ちる。

「でも……」

イノセンシオがにやにやしながら言った。

「俺も、見たいな。きっと、ナオに似合うだろうな、この服は」

そこまで言われたのなら、しょうがない。ナオは覚悟を決めた。

「あの、じゃあ、控えの間で着替えてきます」

そう言って、隣の控えの間に行く。イノセンシオに手伝ってもらって、シャツに袖を通した。

──ああ、これで、この服は古着になってしまった。

罪悪感にさいなまれながら、上着を身につける。

──すごい。ちょうどいい。

着替えを手伝ってくれていたイノセンシオが、顎に手を当てて、感心している。

「ほう……。似合うとは思っていたけど……。いいなあ。かわいいなあ」

そう言って、満足そうに笑っている。

「か、かわいい？」

ああ、でも。

「この身体は、アリステラのもので……」

ぼくじゃ、ないから。

「そうだな。アリステラとは大違いだ。同じ容姿なのに、あいつは、まるであだ花で、ふれれば手が爛(ただ)れそうだった。おまえは、野に咲く可憐な花のようだ」

「ふえええええ？」

すっとんきょうな声が出てしまう。

こちらの文化、恐い。

今まで、一度も花にたとえられたことなんてない。もちろん、この容姿が整っているのはわかっているんだけど、それにしても、凄くない？　こういう言葉がさらっと出てしまうなんて、イノセンシオがすごいのか。この世界の常識なのか。

こちらも、どう反応していいのか。

わーいと単純に受け入れたらいいのか、単なるお追従なのか、それともちょっとはこう、色気的ななにかを感じてくれているのか。こちらが褒め言葉に慣れていないので、ひたすらに戸惑うばかりだ。

「おいおい、どうした？　凄い顔してるぞ。……髪が乱れてるな」

イノセンシオが、手を出してくると、髪を耳にかける。

彼の指が、耳元をかすめた。

それは身体の中心、魂が宿っている場所に、さざ波を立てる。

「うわ……」

なんだ、これ。甘いというか、疼くというか。なんか……——むずむずする。

「ごめんな、ナオ。くすぐったかったか？」

ナオはぶんぶんと顔を横に振る。

「うん、いいぞ。さ、行こう。みんな、待ってるからな」

そう言われて、控え室を出る。

きゃあああっと声が上がった。

侍女たちが衝立の陰から出て、扉の前に群がっていたのだ。なかなか出てこないので待ちくたびれていたらしい。

あわてて、ナオは目を閉じる。魅了をかけてしまったらおおごとになる。

「ごめんね。見てない。見ないから」

彼女たちが、慌てて衝立の陰に身を隠した気配がした。イノセンシオが「もう、目をあけていいぞ」と声をかけてくれたので、「こんな、感じになりました」と言って、衝立の前に立つ。ほうっと感嘆のため息が聞こえてきた。

「うしろのほうも見せて欲しいと言っているぞ」

一人、衝立の前に残ったマーサにそう言われたので、ナオはその場でくるっと回った。どうしてか、拍手が響く。

ああ、マーサが目をキラキラさせている。マーサも女性なんだね。こういうきらきらして、ひらひらしているものが大好きなんだね。

「イノセンシオぉー」

ナオは、たいへんに情けない声を出した。ブラウスの袖についているレースは、手編みだろう。蝶よりも繊細そうだ。少しでも引っかけたら、するするとほどけてしまうに違いない。

「やっぱり、恐いよ。これ着てるの」

「元の服に着替えるまえに。ほら、鏡を見てみろよ」

そう言われて、ホールの飾り鏡を見る。

「うわー……」

もし、これが自分じゃなかったら。

そうしたら、うっとりと見蕩れてしまっただろう。そのくらいには、美しい。

額縁をつけたら、そのまま絵画になりそう。

前に鏡を見たときも、絶世の美少年だとは思った。けれど、あのときに着ていたのは囚人服だ。灰色の簡素な貫頭衣で、だからこそ金色の髪が目立ったというのはあるけれど。

——これは、すごい。

囚人服のときのあれが、牛乳瓶に薔薇一輪って感じだったとすると、今回のこれは、国宝級の大きな花瓶に、大輪の薔薇の花束を投げ込んだみたいだった。とにかく、派手だ。アリステラの美貌を、余さず表現している。

「なんという、とびきりの、美少年……」

イノセンシオが「んん？」と首をかしげる。

「なんだ、他人事みたいに。それは、おまえの顔だろ」

「だけど……なんか、しっくりこないんだもの」

そしてやっぱり、動きやすくて汚してもそこまで胸が痛まない服がいいなって思ってしまった。

ううん。ジャージってすばらしかったんだね。そういえば、何でも屋に転職して以降は、作業着かジャージが多かった。

でも、この服を選んでくれた気持ちは嬉しい。それに、ぼくのために刺繍をしてくれて、無事を祈ってくれたのも、嬉しい。

「ありがと」

そう言って、衝立のほうに一礼をしたら、その向こうから、歓喜の悲鳴が上がった。

まじまじと鏡を見つめる。

――きれい、かあ。

そう言われても、この身体はアリステラのものだし。

――イノセンシオも、やっぱり、きれいな子のほうが好きなのかな。

でも、いくらきれいでも、男だもんな。きっとイノセンシオは、女性のほうが好きだよね。

こんなに美少年でも、だめだよね。同じベッドに寝たことはあるけど、そんな雰囲気にはならなかったし。

ナオははっとする。

――あ、いかん、いかん。

もう、なに言ってるんだよ。こんなことふらふら考えてる場合じゃないでしょ。

違う。課題。課題だから。まずは、「五人の課題」をこなさないとだから。

自分と、なによりもイノセンシオのために。

■09　イノセンシオの想い

ナオがお腹を壊して以降、屋敷の人間の態度が少しずつ変わってきたとイノセンシオは感じていた。

使用人たちはマーサ以外、まったく姿を見せなかったのに、遠くからではあるが、ナオと接するようになっている。ごくたまにすれ違う際には、軽い会釈くらいはするようだ。

「ちょっとは、受け入れてくれたのかな」と、ナオは嬉しそうだった。

「そうだな。おまえは、いいやつだからな」とイノセンシオは応じる。

ナオが伏せっているときに、使用人のうち何人かが様子を窺いにきていたが、いたいけな様子に少なからず心を動かされたらしい。か弱く美しい少年が、苦しげに息をしているさまは、それだけで心が痛むものだ。

――こいつがほかの人間と話をするようになるのは……――いいこと、なんだよな？

イノセンシオは、その変化を歓迎していた。だが、同時に寂しさも感じていたのは否めない。

現在、魅了が効かないのは、イノセンシオただひとりだ。さらに、イノセンシオはナオの後見人でもある。だから、自分とナオには絶対の絆がある。

しかし、「五人の課題」が無事に終わったあとも、ナオは自分を唯一だと思ってくれるだろうか。それには、自信がない。

これから魅了が薄れたら、ナオはもっとたくさんの人間と接するようになるだろう。ナオの飾らぬ心にふれ、好意を持つ者も出てくるだろう。それでも、彼は自分を選んでくれるのだろうか。

いけない。よけいなことを、ついつい、考えてしまう。

――まずは、課題を終わらせないとだな。

だいたい、課題はまだ、始まってもいないのだ。これを解決しないことには、自分たちには未来がない。

どっちにしても、ナオには、少しずつ、この世界に慣れていってもらわなくてはならない。

■10　村まで行く

いよいよ、「五人の課題」に挑む日が近くなってきた頃。朝ごはんのあと、イノセンシオが言った。

「この世界に慣れるために、今日は、村まで行ってみようか」

「村ってどこにあるの？」

「馬車で三十分ぐらいのところだ。ハイネク村という。人口三千人でそこまで大きくないが、いい家具を作る工房がある。頼めば、特注の杖も作ってくれるだろう」

マーサさんに杖を贈りたいって言ったこと、覚えていてくれたんだ。

「今日は市(いち)が立つ日だから、行商も来ている。まぎれるにはちょうどいいだろう」

「行ってみたい。けど……」

プラムベリー事件のとき、若夫婦に魅了をかけてしまったのは、まだ記憶に新しい。

「ぼく、目が合ったら、相手をまた魅了してしまうかもしれないよ」

衣装お披露目から、ほんの少し、屋敷の中の人との隔てが薄くなった気がする。遠目だけど働く人を見かけるようになったし、向こうも軽く会釈してくれる。

せっかく、少しずつ、いい方向にいっているのに。

いくら変顔をすれば魅了解除できるといっても、不自然に好きにならせるなんて、相手にも自分にもよろしくない。

「そこで、だ」

イノセンシオは、ナオに言った。

「魅了を完全に遮断できる魔道具服があるとしたら？」

そんな、夢のような服があるのか。迷わず返答する。

「着ます！」

「うん、いいな。いい返事だ。で、な。その服っていうのは、これなんだが」

そう言って、イノセンシオが出してくれたのは、ピンク色をした子豚の着ぐるみだった。

少なくとも、そうとしか見えないものだった。

「え……？」

「うん、わかる。わかるぞ。ヴィエナがよこしたものだから、効き目は確かだと思うんだが、どう考えても、嫌がらせだよな。おもしろがってるんだ。いやなら、ほかに方法を……って」

すでにナオは、着ぐるみの胴体のほうを受け取ると背中の切れ目から中に入り、着用していた。

「あ、すごい。これ、すごいよ。こうやって着ると、背中が自動でしまる。これぞ、シームレスファスナーだ」

「しーむれす？　ときどきおまえは、わからん言葉を使うなあ」

ナオはイノセンシオに片手を差し出した。

「なんだ？」

「頭も欲しい。かぶってみる」

「あ、ああ」

イノセンシオは、着ぐるみの頭部を渡してくれた。

「それにしても、ナオはためらいなく着るなあ。いやがったら、しょうがない。マントを目深にかぶせようかと思ったんだが」

「いやじゃないよ。これで済むなら、ぜんぜんいいよ。こういう仕事をしたこともあったし」

「どんな仕事だ？」

イノセンシオが興味津々（しんしん）に聞いてくる。

「着ぐるみに入って、ビラや風船を配るの」

ナオは、子豚の着ぐるみのまま、くるくる回った。

「これ、よくできてるね。軽くて、呼吸も楽だし、こっちからは周囲もよく見える」

「おまえ。そういうのを着てもかわいいんだなあ」

そう言ってイノセンシオは頭を撫でてくる。

――かわいい子豚さん……って褒められて、喜ぶべきなのか。嬉しくないこと、ないけど。なんか、複雑。

食堂の扉の向こうで侍女たちが、文句を言っているのが聞こえる。

「ひどいわ。あの美貌を隠すなんて、罪よ、罪」

「こんなのは、ヴィエナ様の嫌がらせだわ」

「あの方、おもしろければなんでもありだから」

ヴィエナさんって、どんな人なんだろう。女の人なのかな。あんまりな言われようで、いっそ、興味が出てきた。


村までは、太い街道が通じていた。

往来は盛んで、オルヴァル家の馬車は、何台もの荷馬車とすれ違う。

村の手前でナオは魔道具である子豚の着ぐるみを身につけると、馬車を降りた。

ハイネク村は、木材が豊富な場所にふさわしく、村のぐるりを丸太でできた柵(さく)で囲まれていた。柵は低めなので、圧迫感はない。村の入り口は蔓(つる)薔薇がアーチになっていて、濃い桃色の小さな花がたくさん咲いている。

木戸から中に入ると、往来には人がひしめいていた。

「にぎやかだ……」

「ああ、市が立つ日には、近隣の村からも人が来るからな。工房はこっち、村はずれになる」

何度も来ているのだろう。イノセンシオは迷うことなく歩いていく。

イノセンシオが行くと、たくさんの人がふりかえる。そして、話しかけてくる。

「領主様だ」

「イノセンシオ様だ」

そっか。イノセンシオは、領主様なんだっけ。

「うちの林檎を味見してください」

「冬越しワインが最高ですよ」

「牛が肥(ふと)ってますぜ。それに豚も……」

そうして、みながこちらを見た。

ええ、そうですよ。子豚ですが。なにか？　イノセンシオは平然としている。

「どうした？　なにか言いたことがあるのか？」

「あの、それは、いったい」

イノセンシオは笑って言った。

「ああ、これはうちの家族みたいなものだから。よろしくな」

「家族……」

「家族……」

「家族？」

村人がささやいている。

――家族……？

イーノに聞きたい。それは、弟とかってことですか？　それとも、もしかして、もっと違うなんかですか。

でも、聞けない。


イノセンシオは、どんどん奥へと歩いていく。もう、家も店もない。

「こっちだ、こっち」

そのあとを、ナオはよちよちとついて行く。ナオのあとに、村の子どもたちがついてきた。

「豚だ」

「子豚だ」

そう言ってからかわれたので、振り返る。

「そうだよー、ぶーぶー」

「豚がしゃべったあ！」

みんなでワイワイ言いながら、たどり着いたのは、工房だ。脇に木材が積まれている。イノセンシオは工房の中に入っていった。

「おーい、親方。ちょっといいかな」

「おうよ。とと……領主様！」

工房内には何人か職人がいて家具を作っていたが、一番年かさの人が応対してくれる。ナオが歩くと、目で追ってきている。イノセンシオが説明する。

「こいつは、うちの家族なんだ」

「へ、へえー？　この方がねえ」

子豚がって言いたいんでしょ。

「おい、ナオ。欲しいものを言えよ」

「あ、あの。うちにいる侍女のマーサさんに杖を作りたいんですけど」

「ああ、マーサばあさん。最近、姿を見かけないと思ったら。そうか。足がね」

ナオが四本足の杖の説明をすると、「なかなかできるな、この豚」という顔をしていた。

「なるほど。だったら、この木がいい。三日ぐらいかかりますが、かまいませんか。領主様」

「わかった。調整も必要だろうし、屋敷まで来てくれるか。代金もそのときに払う」

「それはもう。喜んで！」

工房の人とナオで、石版にスケッチをして、杖のイメージを詰めていく。イノセンシオは他の人に呼ばれて出て行った。親方が言った。

「植林の相談だな。樹を育てるには、魔法が必要だからな」

そういえば、プラムベリー事件のとき、あの女の人も魔法がどうのって言っていた。

「マーサさんは、元気かい？」

「元気。すごく、元気」

うん、ナオに自ら鈴をつけに来るくらいは元気だ。

「イーノって、ほんとに領主様なんだね」

ついつい、イーノ呼びしてしまったのだが、親方は応じてくれた。

「おう。イノセンシオ様がいらして、オルヴァルの地は栄えているからな」

「ふ、ふーん。そうなんだ」

自分がいいなって思っている人を褒められるのって、こんなに嬉しいものかなあ。

——もっと。もっと言って。

「そんなにー？」

「そうさ。ふつう、公爵っつったら、王都に住んで、用事があるのは年に一度の収穫祭と税金の取り立てくらいのもんよ。でも、イノセンシオ様は違う。村にこうして工房を作って職人を集めて、金に糸目をつけず、いいものを作れって言ってくれたんだ」

「へー」

ナオが入ったピンクの子豚の視線は、入り口近くで話し込んでいるイノセンシオに向けられた。

「それは、嬉しいよねえ」

「おうよ。腕が鳴るってもんだよ」

「だから、この工房のものはすてきなんだね」

実際、工房の中にあるテーブルや椅子、箪笥や衝立は、釘をほとんど使わず、違う色をした木を巧みに組み合わせており、相当な技術が必要なことがわかる。

「いいことを言うじゃねえか」

ばしばしと背中をたたかれる。

「領主様が道を整備してくれたんで、いまや、ハイネク村産の家具は、王都でも引っ張りだこよ」

「そっか」

なるほど。荷馬車とすれちがったのはそういうことか。インフラだいじだね。

親方はじーっとこの顔を見る。魔道具である着ぐるみをつけているのだから、平気なはずだが、ついつい、視線をそらしてしまう。

「なんで、おまえさん、そんなもんをかぶっていなさるのかね」

ああ、やっぱり。やっぱり、気になる？　そうだよね。

「あの、顔がね」

顔がよすぎて、めちゃくちゃ目立つ。そして、前の持ち主の形見である魅了にかけてしまうんです。――って、言えないよね。

イノセンシオが困っているナオに気がついてくれた。かたわらまで来ると、頭をぽんぽんしながらかわりに言ってくれる。

「こいつは、事故にあってな。二目と見られぬ姿になっちまったんだよ。それで驚かせちまうから、この格好をしてるんだ。許してやってくれ」

いや、むしろ、絶世の美少年なのに。でも、驚かせてしまうのは同じかな。

「そっか、そっか。まあ、気にすんな。そのうち、いいことあるからな」

子豚のナオに、工房の親方は、優しかった。

用事が終わり、村の中心に戻ると、イノセンシオが言った。

「よし、じゃあ、今度はおまえのグリフを買いに行こうか」

「え、グリフって猫……？」

前の世界、日本の家では、猫を飼っていた。キジ、クロ、トラの三匹は、姉には絶対服従であったのに、ナオは舐められていたと思う。でも、先輩に失恋したとき、滅多に側に来ないトラが寄り添ってくれた。縁側で泣いている自分に身体をこすりつけてくれた。あの温かさは今も覚えている。

「わー、嬉しい！　イノセンシオ、ありがとう！」

そう言って抱きついたのだが、領主がピンクの子豚に抱きつかれている図は、なかなかのものだったろう。道行く人が目を剝いていた。

「にゃんこ、にゃんこ」

村の中を大きく手を振って歩きながら、でたらめな歌を口にする。

「ナオ、ご機嫌だな」

「ふふん」

そうだよ。ご機嫌だよ。

猫を選ぶの、浮き浮きするし。

イノセンシオはいい領主様だってわかったし。自分のことじゃないのに、鼻が高い。誇らしくなってくる。

■11　グリフたち

グリフの店は村の大通りに面していた。二階建てのその家は、村では大きいほうだ。

「ここでは、グリフの飼育を行っていて、王都にも店を構えているんだ」

中に入ると、モカよりも小さめのグリフたちが二十頭ほど、明るい日差しの店内で思い思いに過ごしていた。

手が届かないくらい、高い場所にグリフがいられるような棚がある。グリフたちは警戒してか、その棚からこちらを見つめていた。

「いらっしゃいませ、領主様。……と、え、あの」

壮年の店主がイノセンシオを見て満面の笑みを浮かべたのち、ナオを見て、固まった。

「理由(わけ)あって、こいつは俺以外の前ではこれを外せないんだ。店主、グリフが欲しいんだが、しばらくここを貸し切りにしてもらえないか」

そう言って、イノセンシオは、店主にいくばくかの金を払った。

「もちろん、代金は別に払う」

「わかりました。どうぞ、ごゆっくり。グリフが決まりましたら、奥までお声がけください」

店主が引っ込んだのち、イノセンシオは内側から鍵をかけた上、店のカーテンをすべて引いた。

「よし。その魔道具を脱いでもいいぞ」

「んー」

ナオは、着ぐるみの顔を外した。汗ばんだ顔に、子豚の胴体。イノセンシオは笑いそうになるのをこらえる。

ナオは台の上のグリフたちを見ながら、ぶつぶつと「これは、猫カフェ。鳥カフェ。どっちなんだろ」と意味不明なことをつぶやいていた。

彼は振り向いて、イノセンシオに言った。

「おやつはないの」

「腹が減ってるのか？　人前で魔道具を外すのは危険だから、帰ったらすぐになにか食べられるように手配しておく。今は我慢しろ」

ナオは首を振った。

「そうじゃないよ。この子たちにあげるおやつだよ。おやつがあれば、おさわり放題……」

そこまで言ったところで、グリフたちの態度が変わった。

こいつらの大好きな木があって、その枝を持つと、近づいてくるのだが、それどころではない。店のすべてのグリフが、ナオをめがけて飛んできた。身も世もないというように、こちらが恥ずかしくなるほどの媚びを見せて、ナオに身をすり寄せている。

「なに、なに、なにごと？」

魔道具である着ぐるみは、爪を立てやすいらしい。グリフたちがよじ登っている。

「ふ、ふわっ？」

ナオがおかしな声をあげた。

「うわわわわ……」

「おい、どうした？」

見れば、彼はしきりと身体をもぞもぞさせている。

「猫が――猫が――中に……！」

半分、涙目で訴えている。見ると、子猫たちが、その小さな翼をたたんで、必死になって、ナオの首元から中に入ろうとしていた。中で動いているものまでいる。

「ふに――――っ！　やめてえ、くすぐったいよおー！」

その場で転げ回りたいほどのくすぐったさなのだろうが、そうしたら、子猫を潰してしまうかもしれない。必死になって耐えている。

それにしても、すさまじい。魅了の効果は人間相手にだけと思っていたが、こいつは違うのだろうか。それとも、これもまた、大精霊の加護なのか。

「とって。イーノ、とってよお！」

「あ、ああ」

彼にしがみついているグリフたちを一頭、また一頭と首を摑んで引き剝がし、大きな檻の中に入れる。それから、襟に手を入れる。ナオがびくっとした。

「ん、んん……っ」

ナオの顔が赤い。自分も恥ずかしくなってくる。

なんだ、これは。どういう遊戯だ。

「あの、イノセンシオ。もっと、ずぼっといっちゃってください」

「わかった」

そう言われたので、ぐっと手を入れる。ふわふわしたものにあたった。そっと掴んで、引っ張り出す。よほどくすぐったいのだろう。

ナオは盛大に声をあげた。

「あ、あああっ！」

ようやくとれたそれは、真っ白な子猫のようなグリフだった。よほど気に入ったのか、ナオのところに戻ろうと小さな翼と足をぱたぱたさせている。

「この子、この子がいい。ね、いい？」

「ああ、いいぞ。おまえが呼べば来るように、登録するから、名前をつけないといけないんだが。なにがいい？」

「んー。白いからユキ。ユキがいい。おまえはユキだよー。んもう、かんわいいねえ」

そう言って、白いグリフに頬ずりしているナオこそが一等かわいいと思う。だんぜん優勝だ。

そう思って、イノセンシオの頬はゆるむのだった。

■12　村からの帰り道

村から帰る馬車の中。ナオは被り物を脱いでいる。はしゃいでいるらしく、いつも以上に、口数が多い。

「可愛いグリフも手に入ったし、マーサさんへの杖も注文できたし、今日は楽しかったね」

イノセンシオは応じる。

「そうだな。きっと、いい杖ができるな」

「うん。できあがってくるの、楽しみ！」

ユキは子猫らしく、くるくると翼をはためかせて、馬車の中を飛んでいる。行きの三倍、馬車の中がにぎやかになった気がする。呼んでもいないのに、ぽんとモカが転移してきて、ユキが気になるらしく、二頭でくるくるとじゃれている。

「気晴らしになったか？」

「うん！」

ぎゅうとナオは、着ぐるみ、もとい、魔道具の頭部を手にして言った。

「これ、気に入ったよ。ずっと着ててもいいくらい。ね、これ着てたらオルヴァルの屋敷の中でも自由にしてていいんでしょ？」

ご機嫌なピンクの子豚、もといナオが、おおいばりでオルヴァルの屋敷内を闊歩（かっぽ）する様が想像できてしまい、イノセンシオは頭を抱えた。

「あー、それは、勘弁してやってくれ。家の者がせっかくのきれいな顔を見られなくて悲しむし、俺も……その、おまえの顔が見られないと寂しい」

本心なのだが、言ってから急に恥ずかしくなってきた。静かになったので、正面席のナオを見ると、顔を真っ赤にしている。

「い、イーノは、すぐにそういうことを言うんだから。こっちの人ってみんなそうなの？イノセンシオがそうなの？」

どう反応していいのか困るというように、彼は視線をそらした。

「おまえだからだろ。おまえといると、俺は、いつも愉快だ」

ナオは、手にした魔道具を抱きしめた。照れているらしい。

「だったら、よかったけど」

「おまえもこれから、楽しいことがたくさんあるさ」

俺が、おまえを生かしてやる。

ナオが言った。

「あのね、イーノといるから、ぼくは楽しいんだよ」

虚を突かれたように、イノセンシオはナオを見た。

そうして、見つめる先が自分だけであれと願うのを止めることができなかった。

■13　グリフのユキ

屋敷に帰ると、二階の長い廊下の端にナオとイノセンシオは立つ。

「グリフに、俺を覚えさせるんだ」

「うん。ユキ。この人はイノセンシオ、イーノだよ」

イノセンシオを指さしてそう言うと、ユキの青い目がきらっと光った。ユキを抱きしめたまま、ナオはイノセンシオから離れて、廊下のもう片方の端まで行く。ここからだと、怒鳴らなければ声は届かない。ナオは、ユキに命じた。

「イーノに、『今日のおやつはなんですか』って聞いてきて」

ユキは、ぱっと姿を消した。イノセンシオのところに転移して、伝言を伝えている。ユキが帰ってくる。そして、目が光ったかと思うと、イノセンシオの声がした。

『今日のおやつはレモンカードのパイだそうだ』

「わーい、おいしそう!」

ナオはユキを抱いたまま、イノセンシオのところまで走ってゆく。りんりんりんりんとナオの首につけた鈴の音がする。

「賢い猫だな」

イノセンシオが笑いながらこちらを見ている。

「そうでしょー! ユキはすごいねえ」

ほめられ、撫でられているユキは、とっても嬉しそうだった。何度もナオに頭をこすりつけてくる。

「ユキは、おまえが大好きなんだな」

「ぼくも好きだよ。ぼくを選んでくれて、ありがとうね。ユキ」

腕の中に温かな生き物を抱えていると、じんわり自分もあったかくなってくる。

イノセンシオが言った。

「俺はこれから、王都に赴くが、なにかあったら、猫を飛ばせ」

そうか。課題のため、がんばってくれてるんだね。

「行っちゃうんだ」

わがまま言っちゃだめだ。そう思うのに、寂しくてうつむいてしまうのは、しょうがない。

イノセンシオは、そっと手を伸ばすと、ナオの頬にふれてきた。

「夜には帰る。夕食はともに食べよう」

そう言ってくれた。

だけど、イノセンシオが行ってしまったら、話す相手はユキとモカだけなんだ。

することもないんだ。

■14　屋根の上のナオ

その夜。イノセンシオが帰宅したとき、オルヴァル邸内はやたらと騒がしかった。

「どうした？　何があった？」

「それが、だんな様がお帰りになるというのに、ナオ様のお姿が見えないのです」

「猫は飛ばしたのか？」

「ナオ様はまだ、うちの猫には登録されておりません」

そう言われれば、自分もまだモカにナオを登録していなかった。しまったな。

居場所がわかっていれば、このまえのプラムベリーのときのように、知らせてくれることもあるだろうが、「飛べる」のは登録した相手にだけだ。

イノセンシオは考え込む。

「プラムベリーの一件で、魅了の効果はわかっているはずだ。出て行ったとは考えられないのだが」

誘拐？　誰が？

「あの」

侍女の一人が手を上げた。

「そういえば、午後に、私が屋根にある鳥の巣をなんとかしなくてはと話していたときに、ナオ様がそばにいらした気がします。鈴が鳴っておりました」

屋根？

イノセンシオは、外に出て上を見た。

なるほど。物置になっている屋根裏部屋の一角からハシゴがかかっている。屋根上をよく見れば、月を背景にして、ユキが飛んでいる。

「ナオは、屋根だ。俺が迎えに行って、連れ戻してくるから、みなは待っていてくれ」

「でも。そんな、だんな様。危のうございます」

「こんなことくらい、危険なうちにも入らないさ。いいか。絶対に屋根に向かって声をあげるな。驚いてナオが足を踏み外す危険性がある。そして、俺が帰ってくるまで、誰も屋根に上げるな。万が一、その者が魅了にかかったら、どんなふるまいをするか、わからない」

「絶対に。絶対に、ナオ様を連れて帰ってきてくださいね」

使用人たちのまなざしが熱い。

「頼みましたよ」

「下に毛布を敷いておきますから」

「ご無事で」

イノセンシオはうなずいた。

屋根裏部屋からハシゴをあがる。屋根上が見通せるようになると、てっぺんの棟瓦(むながわら)のところにナオが腰掛けているのが見えた。こちらに背を向けている。ユキが近くを飛んでいる。月が見えていた。

驚かさないように、小さく名前を呼んだ。

「ナオ」

彼は、イノセンシオのほうを振り向いた。

「あ、イーノ」

「俺がそっちに行くから。動くなよ」

静かに近づくと、隣に座った。

「どうしたんだ？　こんなところで」

「鳥の巣を撤去しに来て、空を見てたんだ。遠いところに来たなあって。月の色が違うし、星も知らないかたちだ」

彼は、今日も簡易な服を着ていた。髪を後ろで縛っている。それなのに、ナオの美貌と、彼の性格のよさが、にじむように際だっていて、よりいっそう魅力的だとイノセンシオは思った。

「高いところが、恐くないのか」

汗が芳香を発散している。爽やかで、甘い。舐めたらどんな味がするんだろうなどと、不埒（ふらち）なことを考えてしまう。

「平気だよ。ぼく、以前いたところでは、何でも屋さんしてたから、高いところは慣れてるんだ」

暗いせいか。彼は、いつになく自分のことをよく話した。

「その前は、不動産屋さん。えっと、家の売り買いしてたんだ。でも、そこは、あんまりいいところじゃなくて、お客さんを騙して儲けてて……」

「そういうの、おまえは、向いてないだろう」

ナオは、笑った。

「坂下先輩と同じことを言うんだね。そうなんだよ。向いていなかったんだよ。しまいには、蕁麻疹が出たもん。こう、ぶつぶつのかいかいになって、人前に出られない顔になって、出社しようとすると、本気でお腹が痛くなるの」

ナオは目を伏せた。

「そのときに、坂下先輩が『おまえには向いてないからやめろ』って言ってくれて、誘ってくれて、何でも屋になったんだ。楽しかったなあ。『ありがとう』って言われる仕事って最高だなって思った」

仕事ということは、十五歳の見かけよりはおとなだったのではないか。

「おまえは、向こうでは、何歳だったんだ?」

「二十五歳だよ」

自分とあまり変わらないではないか。

「へえ。どんな顔だった?」

「ふつう。ふつうの顔だった」

「そうか」

「でも、ぼく、自分の顔が好きじゃなかったんだよね」

ナオは、ことさらというように明るく言った。彼の視線は夜空の月に向いている
「そうなのか？　どうしてだ？」

「先輩さあ、ぼくのことをじっと見るんだよね。だから、てっきり、先輩はぼくのこと好きなのかと思ってたんだ。ばかみたいでしょ」

ふうとため息をついた。悲しげな息だった。

「でも、先輩が好きだったのは、姉ちゃんだったの。いやあ、もう、恥ずかしいったらないよね。告白しないでよかったよ。ううん、していたら、もっとすっきりしたのかな」

ナオが好きになったのだ。その先輩が、悪人とは思えない。ただ、配慮が足りないとは感じる。

「もしかして、先輩がぼくのこと何でも屋に誘ってくれたのも、姉ちゃんのことがあったからかな、なんて思ったら、なんかめちゃくちゃ落ち込んじゃって」

「だから、愛されたいって思ったのか」

自分を。自分だけを、見て欲しいと。

うまくいった二人。嬉しいけど、どうしていいのか、わからない。

自分を経て、姉を見ていた先輩。

それで、自分の顔が嫌いだと？

「だから、ソロキャンしてたんだよね。一人になりたかったんだ」

「そろきゃんとはなんだ？」

「森とか湖とかに、一人で泊まるの」

イノセンシオには、わからない。宿や家に泊まったほうがはるかに快適だろうに。

「野営か？　ならば、騎士の訓練でしたことがあるぞ」

「ちがーう！　もっとこう、ゆるい感じで。楽しむの」

「楽しむ……？」

ナオは言った。

「そのうち、ぼくがイーノにソロキャンを教えてあげるよ。楽しいんだから。もっとも、二人で行ったらソロキャンにならないかな」

そう言って、ナオは笑った。彼の笑顔を見て、イノセンシオは安堵する。ナオは、そうして笑っているほうがいい。安心して見ていられる。おまえがつらいのは、いやだ。

イノセンシオは、言葉を選びつつ、言った。

「おまえのその、先輩、のことなのだが」

「うん？」

「人間とは、必ずしも白か黒かで決まるものじゃないんじゃないか?」

なんで、その先輩とやらのことをかばっているのだろう。ちがう。かばっているのは、そのときに先輩に真剣になっていたナオの恋心だ。

「もしかして、おまえの姉に対する下心があったかもわからない。だが、同時に、ほんとうにおまえがいい人間で、いっしょに働いたら楽しかろうと、おまえなら、任せられると思ったのだとしても、矛盾するものではないだろう?」

そうか、姉が好きだということは、坂下先輩とやらは男なのだ。イノセンシオは奇妙なときめきともやつきを覚えた。

――なんだ、これは。

ナオは、自分に知らない感情を抱かせる天才だ。

「同時に、何割かは、おまえを見つめていたいという気持ちがあったのかもわからない」

「イノセンシオって、おとなだなあ。……うーん……」

ナオは考え込んでいる。

「でも、ぼく、そこまでおとなになれないなあ。ぼくは、ぼくだけが好きって人がいいな」

そう言って、その、未来の恋人を夢想するがごとく、微笑んだので、さらにイノセンシオの思いは強くなった。心臓のあたりを甘くぎゅっと摑まれるようなこれは、もっとよく味わいたいと願ってしまう痛みは、いったい、なんなのだろう。

——自分なら。

ふっと、そう思ってしまった。自分であれば、ただ、ナオだけを大切にするのに、と。

前の世界のナオ。ふつうという風貌。

「元のおまえの顔を見てみたかったな」

「え、なんで？　ほんとに、ふつうだよ？　こんなに、きれいじゃないよ？」

そう言って、ナオは自分の金色の髪を指で巻いた。

「でも、なんか、だんだん、髪の色が地味になってきた気がする。お手入れしていないからかな」

「そうか？　髪の色味が落ちついた気はするが」

そう言って、イノセンシオは、彼の髪にふれた。ナオがびくりと身体を震わせる。

——あ……。なんか、今……。

何かを、互いに伝え合った。そんな気がした。

そっと、指を外した。ナオが付け加えるように言った。

「あと、ちょっと背が伸びたかな」

イノセンシオは応じる。

「アリステラは成長を止めていたからな。おまえの魂が、身体に影響してるんだ」

「へ、へー。すごい、アンチエイジング」

「今のほうが、俺は好きだぞ。ずっとずっと、好きだ」

力強く言ってしまう。

ナオは、言葉に詰まっていた。むにゅむにゅとおかしな顔をしている。表情をどこにもっていっていいのか、悩んでいるかのようだった。イノセンシオは、力強く宣言した。

「明日からは、いよいよサインをもらう。気を引き締めるようにな」

「うん、わかった」

「だったら、もう行こう。みなが、待っている。……心配していたぞ」

「うん」

ナオがハシゴを下りていくと、マーサや侍女や従僕たちが押し寄せてきた。

「よかった、よかった」

「なかなか下りてこないので、心配しておりました」

「今度から、猫を飛ばせるようにしておかないと」

ナオが、もみくちゃにされながら、謝っている。

「心配かけてごめん。月がきれいだったもんで」

マーサが、ほかの使用人たちに「では、よろしいですかな」と許可を取っている。いったい、なにごとなのかと思ったら、彼女はナオの首から首輪を外した。

「え、いいの？」

「はい。ナオ様が危険人物ではないことは、みな、承知しました」

「そう言われると、受け入れてもらえた気がして、嬉しいな。ありがと」

「あれはあれで、お可愛らしかったのですが……」と侍女の一人が、残念そうに言う。気持ちは、わかる。

■15　課題一人目、国王陛下

翌朝。

転移陣からいよいよ王都に「五人の課題」のために旅立つときがきた。

マーサ始め、家の者たちがめちゃくちゃナオのことを整えてくれた。髪はぴっちりと撫でつけられ、服はあの一張羅(いっちょうら)、さらに、白い絹の靴下を穿かされ、香水をかけられた。

くしゃみが出そうになる。

「そんな顔、なさらないでくださいませ」

侍女に注意された。

「とても、美しく仕上がりましたよ」

美しく？

「王都では、変な男に引っかからないように」

「ついていかないように」

「魅了をかけないように」

玄関ホールの真ん中に転移陣が出現していた。揺れる色のプールがある。

「こんなところに転移陣？」

「本日は、特別な転移陣が開いております。こちら、王宮内まで直通です」

マーサが皆を代表して、見送りの言葉を述べた。

「だんな様とナオ様の将来がかかっております。気張るのですよ」

「はい、がんばってきます」

「それにしても、だんな様は遅いですね。なにをなさっていらっしゃるのか」

「悪い、待たせた」

そう言って、階段を降りてきたイノセンシオを見て、ナオは言葉を失った。

ゆうべまでややもっさりしていたのに、こざっぱりして、髪もきちんと整えられている。

「なんで」

さすがは公爵。貴族様は貫禄が違う。白いシャツに深い緑の上着。靴下をぴっちりと穿き、指にはいくつか、指輪を嵌めていた。肩にかけたマントには、黒い毛皮飾りがある。

「今日は、国王陛下にお目にかかるんだし」

「いつもは、気になさらないというのに」

マーサは辛辣だ。

「いいだろ。別に。ほら、行くぞ。ナオ」

そう言って、差し出されたイノセンシオの手を取ると、胸の奥がきゅんとした。このまえ屋根の上で話をしたときから、どうにも、歯止めがきかなくなっている。だって、イノセンシオ、今の自分が好きって言ってくれた。

アリステラじゃなく、自分がいいって。

それって……——

「なんだ？」

「だって……なんか、イーノが……男前で……こんなの、こんなの、なんか」

うう。

「照れちゃう！」

こうして、二人の「五人の課題」は始まったのだった。

王宮内の一室に二人は転移した。

飾り柱がたくさんある、がらんとした部屋だ。

「オルヴァル公爵、ナオ様。ようこそおいでくださいました。陛下がお待ちです。こちらへどうぞ」

お仕着せの老爺が礼をすると、二人を先導した。

長い廊下を通る。両側には槍を携えた甲冑の騎士がいる。作り物かなと思ったけど、「あんまり見るな。向こうを魅了にかけてしまうぞ」とイノセンシオが低くささやいたので、中に人が入っているのだとわかった。

気になっていることを聞いてみる。

「イーノ。ぼくみたいな者がいきなり行っても大丈夫なのかな？　こちらでの作法もぜんぜん知らないし」

「へーき、へーき、父上も母上も弟も優しい人たちだからな。安心していいぞ」

「そうか、よかった」

じゃない。

「今、なんて？」

「あ、言いそびれていたか。今の国王陛下は俺の父親。皇太子殿下であるエリュシオ殿は俺の弟にあたるんだ」

「……」

ナオは立ち止まった。そして、頭を抱えた。

じゃあ、イノセンシオって、もしかして、この国の王子様なんじゃ。

「今まで、イーノって気軽に呼んでた……。い、イノセンシオ殿下？」

「やめてくれよ。だいたい、今は臣下に下っているから、公爵なんだ。気にするな。どうした？　足がすくんだのか？　抱いていこうか？」

「いやだよ。抱っこされて謁見なんて、一生の恥だよ」

先に立って歩いていた先導の老爺が、立ち止まった。ナオはびびる。

「ほら、もう、ふざけてるから、怒られちゃう。イーノのせいなんだから」

老人は膝を折り、前方に礼をした。その向こうに、袖口にレースをあしらった服を着た、年若い黒髪の青年が微笑んで立っていた。

「兄上」

これが、皇太子殿下。なるほど。弟だけあって、なんだか、イーノに似ている。

甲冑の騎士たちが、槍を身体の前に持ち直した。全員が揃ってしたので、ざっという音が廊下に響き渡った。

ナオも慌てて、深くお辞儀をした。エリュシオ殿下が、近寄ってくる。

「兄上。待ちきれず、迎えに来てしまいました。そちらが転生者のナオ殿ですね」

ひたと見つめられて、ナオはじとっと汗を掻いた。

――まずい。

魅了防止のため、ナオは固く目を閉じ、うつむく。あの魔道具を装着したい。ピンクの子豚にしか見えない、あれを。そうしたら、安心できるのに。

「なんと、美しい……」

うっとり言われて、もう、顔が上げられない。

——いやあの。ぼくが美しいわけではなくてですね。もともとのアリステラ・スタウトが美形だっただけでですね。

心の中で叫ぶ。

——見ないで。あんまり、見ないでー！

イノセンシオがさりげなく、自分とエリュシオ殿下との間に割って入ってくれた。

「ナオはまだ、エール王国に来たばかりで、魂が安定していなくてな。あと、こちらに慣れていないので、いろいろと至らないところもあるし、生来の才ゆえにそちらの目を見て話すこともできない。許してくれ」

「もちろんですよ。ようこそ、いらしてくださいました。今日は特別に皆でお茶にしようと、お待ちしていたんですよ」

お茶？　お茶会？

ナオはその場で卒倒しそうになった。

国王陛下と王妃様と皇太子殿下と……——まあ、イノセンシオはいいけど、そんな高貴な方たちとお茶。だけど、これを断ったら、せっかくアポを取ってくれた、イノセンシオの苦労が水の泡になってしまう。

「あー、俺はとにかく、こいつは……」

ぐぐぐと、イーノの腕を摑んで意思表明をした。

「行きます。行かせていただきます」

「そうか？　無理すんなよ。では、喜んで」


はー。はー。

呼吸が荒い。深呼吸、深呼吸。

窓の外には、王宮の庭園が見えている。

侍女や給仕が何人も控えている。

このテーブルの下に潜り込めたら。

ナオはそう思った。丸いテーブルには、白いテーブルクロスがかけられているし、この下なら、誰にも姿を見られることがない。さぞかし、落ちつくことだろう。

だが。そんなことが、許されるはずはない。

縁にヒョウの毛皮飾りがついた肩マントをつけた国王陛下、立て襟にレースの肩掛けをされている王妃様、エリュシオ殿下にイノセンシオ。それらに囲まれて、逃げ道はない。

ティータイムにしたのは、料理よりは作法に気を使わなくてもよかろうという、おそらくはそういう気遣いだったろう。わかる。わかるけど。

イーノときたら、小さなタルト菓子を手でつまんで口に入れている。お行儀悪いぞ。

「うん、うまい」

そりゃあ、イノセンシオにとっては、家族との気楽なお茶会かもしれないけど……。ナオにとっては、生まれて初めての謁見がこんな形で、肩ががちがちに張っている。

「よく来てくれたな、イノセンシオ。三年……。いや、四年ぶりか」

国王陛下に話しかけられている。

「そんなになりますかね」

「そうですよ。兄上はもっと遊びに来てくださるといいのです」

エリュシオ殿下は、お兄ちゃん大好きっ子らしい。そう言って、そわそわとイノセンシオを見つめている。

しかし、ナオはお茶を一口、飲み下すのが精一杯だった。誰とも目を合わせることができないお茶会。つらい。

王妃様がこちらを見た気配がした。

「ナオさん。お口に合わなかったかしら」

「いえ、そんなことは」

だめ。だめだ。これは、食べないとだめだ。イノセンシオが言った。

「こっちのとか、おまえ、好きだと思うぞ」

ひょいと手でつまんで、小ぶりなタルトを口の中に放り込んできた。おお、たしかに。

「ん。甘酸っぱくておいしい」

「だろ？　プラムベリー、好きだもんな。こっちのもうまいぞ。卵のタルトだ」

国王と王妃と殿下が、三人してこちらを見ている。しまった。ちょっと、砕けすぎだったかな。

だが、とがめるというよりは、あたたかく見守っているかのようだった。王妃様が優しく訊ねてくれる。

「ナオさんの、元のお国での菓子には、どのようなものがございましたの」

どうだっけ。なにがあったっけ？　洋菓子はあまり、変わらないけど。

「あの、和菓子というのがありまして」

「ワガシ？」

「たとえば、豆を甘く炊いて、ケーキ生地で挟んだり……」

どら焼きのことを説明しているつもりだったのだが、なんだか別のことを言っている気になってくる。国王陛下が興味を示されたようだった。

「甘い豆か。こんど、うちで作らせてみるか？」

それは、やめておいたほうがいいと思います。国王陛下。

「お、お口に合うかどうか。それに、あれは職人の技術が必要のようですし」

「そうか。まあ、ナオ殿がそう言うならやめておくか」

王妃様がしみじみと言った。

「イノセンシオ。あなたが……元気そうでよかった」

「母上」

どどど、どうしよう。なんか、涙ぐんでいるんだけど。

イノセンシオが「竜王の血」の力を発揮してしまったせいで、離れて暮らしているんだよね。でも、見た感じだと、ご両親と弟さんはイノセンシオのことを悪くは思っていないみたい。むしろ、「不憫」だと考えているのかな。

イノセンシオが、そっと、王妃様の涙をハンカチでぬぐった。

「母上。俺はけっこう、楽しく暮らしてますから。それで、すみません。楽しい語らいの途中でなんですが、父上、これにサインをいただけないでしょうか」

そう言って、イノセンシオは「五人の課題」の羊皮紙を出してきた。国王は確認する。

「おまえの目から見て、転生者に間違いないのだな」

「はい。保証します」

「ペンを」

書き慣れている者の字で、さらさらとサインがなされた。いかなる魔法か、金色に輝いて、定着する。

「ありがとうございます、父上」

イノセンシオは一息にお茶を飲み干した。

「では、これでおいとましたいと存じます」

「兄上。せっかくいらしたのに。泊まっていかれないのですか。兄上の部屋はまだそのままにしているのですよ」

皇太子殿下がすねる。

「エリュシオ。悪いな。ここにいると、俺が落ち着かないんだ。それに、ナオが万が一魅了をかけてしまうと困るので」

自分のことは気にしなくてもいい。目をそらしているから。

だが、イノセンシオは、早く帰りたそうだった。殿下が申し出る。

「転移陣まで、お送りします。見送らせてください」

廊下を、来たときとは逆に転移陣に向かって歩いていく。イノセンシオとエリュシオ殿下が前を行き、そのあとを少し離れて、ナオが続く。両側に待機している甲冑の騎士たちが、殿下が過ぎるたびに槍を前に立てる。

「ナオ様は、無邪気な方ですね」

二人の会話する声が聞こえてしまう。

「そうだな。大精霊のお気に入りだからな」

「少しだけ、安心いたしました。たぶん、父上と母上も。……兄上。この額の傷のこと、今でも気にしていらっしゃるのですか?」

「いや……」

嘘だな。ぜ――――っったい、嘘。気にしてないわけがない。

「では、なぜ、王位を継ぐことを承知してくださらないのですか。私には荷が重いのです。竜王の血を濃く引く、兄上のほうが、私より数倍、王にふさわしいのに」

「俺は、そうは思わない」

静かに、イノセンシオは答えている。

「平和な時代の王には、おまえみたいに隅々まで目を配れる者が、ふさわしい。腹が立ったら、力で解決するなんて、今の時代には合わないだろ」

そうだね。今が、群雄割拠(ぐんゆうかっきょ)する、力勝負の時代だったら、さぞかしもてはやされたに違いないけれど。そうじゃ、ないみたいだもんね。

「なにかあったときには、力を貸そう。いつでも、呼んでくれ。俺には、辺境地の公爵がふさわしい。けっこう、これはこれでおもしろいんだぞ」

「はい。ハイネク村の家具は、今や、王都(こちら)でも、珍重されております。兄上はどこに行かれても、素晴らしい方ですね」

そうそう! そうなんだよ。弟さんはよくわかってる。イノセンシオはすごいんだよ。

「兄上。私の額のケガは、もう、ほとんどわからなくなりました。あれは、取るに足らない、兄弟げんかでした。せめて、王都の屋敷にお住まいになるわけにはいかないのでしょうか」

だが、イノセンシオはなにも、言わなかった。決して、王都に帰るのに同意しなかった。

それに、なんか。

両親や弟さんと話しているはずなのに、イノセンシオはどこか他人行儀な態度を隠さない。見えない仮面をつけているみたい。不機嫌とか、冷たいとかいうんじゃないんだけど。どこか、よそよそしい。お客さま的な感じ。

それでいったら、自分といるときのほうが、ずっと、こう、近い……――気がする。まあ、それは、自分がこの世界でまともに話すことができるのがイノセンシオただ一人であるという、理由によるところが大きいんだろうけれど。

■16　課題二人目、魔導師長

一人目は、難なくクリアした。でも、それは、「イノセンシオのお父さん」という最強のカードがあったからだ。

ということで、国王陛下訪問翌日。今日は、二人目。魔導師長のところに行く。オルヴァル邸の二階から階段を降りつつ、ナオはイノセンシオに謝る。

「ごめん。昨日は、役立たずでした」

イノセンシオはまったく気にしていないようだった。

「そんなこと、ないだろ。両親も弟も、おまえに会えて喜んでたぞ。おまえはきれいだからな」

「うー」

ほっぺたに手を当てる。きれいって言われても、それは、アリステラのものであって、自分がどうこうじゃないもんね。あんまり嬉しくない。

「今日は、がんばるからね」

「そうだな。がんばろうな」

イノセンシオは言いながら、羊皮紙を見せる。

「一歩一歩、進んでいこう」

そう言われても、自分に何かできるのかな。あんまり、自信がない。

「これから、王都の魔導院に行く。そこで、魔導師長に会い、サインをもらう」

今日のイノセンシオはブーツにシャツ、その上に刺繍入りのベストをまとって黒い毛皮のふちがあるマントを羽織っている。さすがに国王陛下との謁見よりは、ラフな感じだ。

ナオはシャツに下穿き、そしてブーツ姿だった。その上に魅了を避けるためにフードつきのマントを羽織っている。玄関を出て、転移陣に向かいつつ、確認する。

「イーノは、その、魔導師長さんとは、お知り合いなんだよね？」

「いや」

「え?」

いや? 今、「いや」って言いました?

「でも、イーノは王子様なんだよね?」

「『元』な。今は臣下に下ってるから、オルヴァル公爵になる。それに、王家は騎士団とは縁が深いが、魔導院とはあまり接点がないんだ」

「そうなの?」

「騎士団所属の魔導師なら、つてがあるんだが。彼らは国から給料をもらって優遇されている」

ナオはひとりごとを口にした。

「公務員みたいなものかな……」

「魔法を本格的に学びたい者は魔導院に入るんだが、これは、知識の探求がメインだ。どっちかというと学者肌が多い。古文書の研究に時間を費やしている。平民もいるし、貴族の三男あたりが入ることも珍しくない。こちらは大商人や貴族からの寄付でまかなわれている」

魔導院は、研究職って感じ? ふんふん、なるほど。

イノセンシオは言った。

「だが、その前におまえに寄って欲しいところがあるんだ」

寄ってほしいところって、どこだろ?

転移陣を出てすぐの場所に大きな天幕が張られていた。

イノセンシオとその中に入っていくと、騎士団長のミゲルが出迎えた。

「よく来てくれたな」

中には、ぎっしりと騎士が詰まっていた。武器は携えていないようだが、迫力がある。

「これは、なにごと？」

イノセンシオが説明してくれた。

「このまえ、アリステラの魅了がかかる範囲にいた者たちだ。この者たちには、事前に、おまえの命令とは逆のことをするように言っている。なんか、命令してくれないか」

ナオは、目を白黒させる。

「命令……？」

そうか。魅了にかかった人は、言うことを聞くんだ。この前、プラムベリーを食べたときのつらい記憶が蘇る。ついでに、お腹が渋くなりそうになる。

「魅了、恐い」

うんうんとミゲルがうなずいている。

「だよな。だから、今から、解くんだよ」

「わかりました。じゃ、右手を挙げてください！」

ざっと、半数が右手を挙げた。ミゲルが手を叩く。

「はいはーい、今、手を挙げてないやつは、魅了にかかってないから、退出ー！　もう、家に帰っていいぞ」

ああ、もう、まったく。この身体の持ち主は、まったくもって、ろくなことをしていないな！　顔はいいのに。性格悪いな！　でも、縁あってこうなったからには、やります。やりますとも。

「ミゲルさんは、あっち向いててください」

「お、おう？」

ナオは、マントのフードを外した。

はっと、みなが見蕩れたのがわかる。注目されている。

「いいですか。じゃ、やりますよー。『にらめっこしましょ。笑ったら、負けよ。あっぷっぷ！』」

渾身(こんしん)の変顔に、最初に笑ったのは、イノセンシオだった。イノセンシオが笑ってどうするんだよ？

そうやって、次々と笑わせていき、そのたびに挙手させてみる。最後の一人を笑わせたのは、五戦目だった。息を吐いて、マントをかぶる。

「終わったー。ミゲルさん、もう、こっち見てもいいですよ」

「ご苦労様」

ミゲルが声をかけてくれた。イノセンシオが謝罪する。

「魅了解除が遅くなって悪かったな」

そっか。自分がプラムベリーを食べすぎて倒れたりしていたから。

「いやあ、いろいろ、そっちの都合もあっただろ。これで、あいつらも家に帰れる。よかった、よかった」

「ごめんなさい……」

しゅんとして謝ると、ミゲルは「いやいや、いいって」と言ってくれた。

「悪いのは、アリステラだからな。おまえじゃないだろ」

「ん……」

ナオは、ミゲルが腰のベルトにしている革の飾りをじっと見た。なかなか、かわいいのだ。

ミゲルは視線に気がついたらしい。

「ん、これが気になるか？」

そう言うと、外して目の前に持ってきてくれた。手のひらに載るくらいの球形をした革細工だ。使い込まれているらしく、艶が出ていた。

「すごく、すてきです」

素直にそう言うと、ミゲルは嬉しそうに言った。

「これは、俺の無事を祈って、恋人が作ってくれたんだよ。まあ、それが今の女房なんだが」

「愛されてるんですね」

革を縫ってから、球形に編み上げているようだ。ミシンがないであろうこの世界では、かなりの労力に違いない。

「そうかな。そう思うか？」

「はい、思います」

ここまで使い込み、持ち続けているミゲルもまた、奥さんを大切に思っているのだろう。

「よっしゃ。じゃあ、魔導院まで行くか。騎士団の馬車で送っていってやるよ」

ミゲルは上機嫌だった。

イノセンシオがそっとナオにささやいた。

「あいつ、奥さんにぞっこんなんだよ」

「いいご夫婦なんですね」

「この人」と思った人と結婚して、今でも愛し合っている。なんて、すてきなんだろう。まぶしいくらいだ。

ナオは、イノセンシオとミゲルとともに馬車に乗り、王都の門をくぐった。

城壁の中は、整然と道が走っている。そして、四階や五階建ての建物がひしめいていた。大通りをすれ違う馬車も、豪華な模様をつけたものが多い。

イノセンシオが説明してくれた。

「王都の中心は王宮だ。昨日、行ったよな。そら、あそこに見えるだろう。水晶で外壁が覆われている、ひときわ大きな建物だ。王宮を取り巻いて様々な公的機関がある。その外側には大貴族の屋敷が連なっているんだ。町のこのあたりは、大商人の店が多いな。裏に行けば、個人商店もあるぞ」

「ほえー」

こんなときじゃなかったら、ぜひとも観光したいところだ。

ミゲルとイノセンシオは、向かいの席で魔導師長の話を始めた。

「今の、魔導師長っていうのは、どういう男なんだ？」

「とにかく研究熱心な方だな。まじめで悪い噂は聞かない」

「そうか。どう説得するかな」

木造の教会みたいな建物の前まで行くと、イノセンシオとナオは馬車を降りた。

「ここまで乗せてくれて助かった。ありがとうな、ミゲル」

「いいってことよ。ああ、そうそう。イノセンシオ、このまえの助っ人の礼に、ちょっといい酒を手に入れたんだ。俺の部屋にあるから、持っていってくれ」

イノセンシオは苦笑する。

「律儀（りちぎ）だな。よかったのに」

「そうはいくまい。また、なにかあったら、よろしく頼むぜ。竜公爵」

「その呼び名は恥ずかしいからやめろ」

イノセンシオとナオは、扉の前に立った。来訪を告げると、門番に「どうぞ」と通され、緑色の貫頭衣を着た男に先導される。

中に入ると、壁一面にある本が目に入った。建物のてっぺんまで、本棚になっている。

「どうやって、とるんだろう」

ナオは、人ごとながら、心配になる。てっぺん近くの本棚は、こちらに向かって湾曲しているのに、本が落ちてこないのが不思議だった。

中央にあるらせん階段を上り、渡り廊下を行く。

「こちらへ」

そう言われて、扉があけられた。

そこには、実直そうな男が一人、こちらを向いて立っていた。この部屋の壁にも、本がみっしりだ。その男はやはり緑色の貫頭衣を着ていて、長であるしるしだろうか、金の葉っぱのバッジを胸につけていた。

「お目にかかれて光栄です。魔導師長殿」

イノセンシオの挨拶に、魔導師長は不機嫌そうだった。

「転生者当人の挨拶がないのは、いかがなものか。失礼ではないのか」

「この者はまだ、アリステラの魅了の残滓が……」

「そのようなものに惑わされる私だと思うか？」

「しかし」

ナオは、イノセンシオを止めた。

「イーノ、いいよ。ちゃんと、挨拶できるから」

ナオは、フードを取った。目を合わさないようにして、挨拶する。

「ナオと申します。見定めをよろしくお願いします」

「ふむ」

魔導師長が顎をすくった。イノセンシオがぴくりと反応する。

魔導師長と目が合った。チカッと光った気がした。

——魅了しちゃった？

しまったと思ったけれど、魔導師長は眉をひそめただけだった。ナオは安堵する。

「ふうむ。おまえが、アリステラではないという証拠は？」

「えっと」

「では、魔法を見せてもらおう」

「は？」

なんて無茶を言っているんだ。

「魔力の相は、一人一人、違う。それを見れば、私ほどの魔導師なら、当人かどうかわかる」

それって、手相とか指紋とかと同じなのだろうか。

「ぼく、魔法を使ったことがありません」

「よし。それでは、簡単な水魔法からにしよう。『水の精霊よ。飛沫をわが手に』と口に出して念じよ。こうで、こうで、こうじゃ！」

魔導師長の手のひらからぴゅっと出た。こういう隠し芸、見たことがある。

「やってみなさい」

えー、と思いつつも、もしかして、魅了が使えるくらいなんだもの。できるのでは？　と一縷の望みを懸けてみる。

「『水の精霊よ。飛沫をわが手に』」

しんとしている。

「ですよねー」

「えーい、気迫じゃ。気迫が足りないのじゃ。なにがなんでも、精霊どもに言うことを聞かせるという気構えじゃ。しゃんとせい」

「精霊に言うこと聞かせるなんて、そんなこと、無理ですよ」

ナオが聞けたのは、大精霊の「お気持ち」だけだ。それだって、ほんとに大精霊だったのか、自信がない。

「魔導師長」

イノセンシオが声をかけてくれた。解放されると思ったのに、魔導師長は手を振る。

「オルヴァル公爵。わしは、これを鍛えねばならん。外で控えていて欲しい」

「えー」

何度やっても、無駄だと思うんですけど。

「でなければ、サインはできかねる」

イノセンシオは、ナオを見ていたが、一礼して出ていった。

「イノセンシオ！」

——置いていかないでえ！

魔法を、使えと。ずっと、科学の世界に生きてきたぼくに、手からぴゅっと水を出せと。

それは、空気をこの手で摑めと言われているのに等しい。

「手がなっとらん」

そう言われて、背後から手を握られた。ぞっとした。

「んん？」

この国の作法がわからない。この国の人は、これが普通なのか。この近さが。

「こういう形にするのだ」

手を撫でられ、飛び上がりそうになった。「可愛い手だの」という、おかしな熱のこもった声。振り向くのが、怖い。

ぎゅうと手を握りながら、懇願された。

「なにか、命じて、くれんか」

恐い。恐い。そうっと振り返ると、目の色が違っていた。あの、プラムベリー事件のときと同じだ。ぐるぐるしている感じがする。

「とりあえず、手、手を離して……。くだ、しゃい！」

情けない。声が裏がえっている。もっと、毅然とできないのか。できないな。

うん、手は離してくれた。逃げねば。逃げないと。

腰が抜けそう。恐怖のあまり、足がもつれる。ナオは、みっともなくころんだ。

——ああ、こんなときにー！

必死に這う。扉まで行けば、そうしたら。

しかし、足を摑まれた。

魔導師長もまた、這っていた。

——う、ひー！

声が、声が出ない。

身体の向きを変えて、魔導師長を蹴った。だが、なにを思ったのか、魔導師長はそのブーツにすがってきた。

――ああああっ！

そして、なんと、なめ回してきた。おーい！　衛生的とは言いがたい、このブーツ。外を歩いてきた、このブーツ。それをなめている彼に、狂気に似た執着心を感じてものすごい悲鳴が出た。

「いいいいやああああああ！」

「ナオ？」

即座に扉をぶちあけて、イノセンシオが入ってきた。

「イーノ！　イノセンシオ‼」

必死にブーツを脱いでがくがくしながら、イノセンシオのもとに這って行く。

「ぶぶぶ、ブーツを舐められたー！」

ナオをかばいながら、イノセンシオは言う。

「解除するんだ。笑わせろ」

変顔をしようとするのだが、引きつってしまう。できない。もう、破れかぶれだ。

ナオは叫んだ。

「布団が、ふっとんだ！」

まさかと思ったのに、魔導師長は爆笑した。よかった。この人の笑いのハードルが低くて。

ぴくりと魔導師長が反応した。そして、手の中のブーツを見て、呆然(ぼうぜん)とした。

「私は……」

数分ののち、マントのフードを目深にかぶったナオに、魔導師長は謝ってきた。

「すみませんでした」

存外に、いい人なようだった。しゅんとしている魔導師長に、イノセンシオが言い放つ。

笑顔を作っているけれど、笑ってないね。むしろ、めちゃくちゃ怒ってるね。

「ここにサインを、お願いします」

「このことは……」

「口外しません」


サインはもらえた。サインはもらえたけど。けど。

ナオは、イノセンシオが拾ってくれた辻（つじ）馬車の中でぐずぐずと泣きごとを言う。

「なんか、足が気持ち悪いよ」

「そうだよなあ」

イノセンシオはなにごとか思いついたようにうなずいた。

「そういや、ミゲルの部屋に酒を取りに行くんだった。あそこなら、水が使える」

ナオは、一も二もなく賛成した。

騎士団長室は、王宮近くの騎士団の建物の中にあった。イノセンシオを見ると、騎士たちは目礼して通してくれる。

イノセンシオは、鍵をもらっているらしく、解錠して騎士団長室に入った。机の上に酒瓶がある。これが、そのお礼の酒なのだろう。

「そこの長椅子に腰かけろ」

「うん」

長椅子に座って、ブーツを脱がせられた。イノセンシオが、どこからか布を持ってくると、ていねいにブーツを磨く。それから、ナオの足を濡らしたハンカチで拭いてくれた。

イノセンシオは、ナオの足を見つめる。

「きれいな足の爪だな。桜色だ。貝殻みたいだ」

じっと見つめている。長く。ずいぶんと、長く。剣呑さを含んだ、真剣な顔で。

「イーノ？」

はっとしたように、彼は手の動きを再開した。

「イーノってば。顔恐いよ」

「あ、ああ。すまない」

イノセンシオが布を、指の間まで押しあけてぬぐってくれる。

こんなこと、前にもあった。最初に会った晩だ。裸足で傷ついてしまった自分の足に薬を塗ってくれた。

あのときと、同じ状況なのに。

なんか。こう。

くすぐったいっていうか。

もやつくっていうか。

「う……」

うめいてしまう。イノセンシオが、ふっと顔を上げると、こちらを見た。いたずらするように足の表面を爪で引っ掻く。ナオは、びくっと身体を震わせた。

「イーノ……」

一瞬だった。

イノセンシオは、足を引き寄せ、つま先に口づけた。じんと身体の奥底にそのキスは、響いた。

「あ……！」

イノセンシオが唇を離す。視線が交わった。濡れような、黒い瞳だった。

――ああ……。

どうしよう。最初に思ったのは、それだった。

——ぼく、この人に恋をしている。

今まで、かっこいいとか、いい人だとか、相棒だとか、家族同様だとか。それは、思っていた。ときめいたこともなかったとは言わない。

だが、いまこのとき、自覚した。

——切ないほどに、この人のことが、好き。

そのときに扉が開き、騎士団長のミゲルが入ってきた。

「あ、と。これは——」

雰囲気からなにかを察したのだろう。

ミゲルがそのまま出て行きそうになったのを、イノセンシオは怖い顔をして中に引き入れ、隣室に押し込んだ。こちらを目で制して、自分も入っていく。

あとには、ナオだけが残された。

■17　騎士団長室物置

イノセンシオは、ミゲルを物置になっているその部屋の奥まで引きずっていった。できるだけ話が、ナオに聞こえないようにするためだ。

「さっき見たことを、ほかの者にしゃべったら……」

ミゲルが、両手をあげる。

「見てない。俺は、なにも見ていない。しゃべらない。妻のところに帰りたいからな」

イノセンシオは我に返ると手を離した。

「……すまない……」

頭を抱える。

——最悪だ。最低だ。

何度も何度も、繰り返す。

——最悪だ。

ナオがほかの男に、ブーツを舐められていた。それを見たときに感じたのは、嫉妬だった。

「俺のものになにをする」という、自分では、どうしようもない、激情。

イノセンシオは小声でミゲルに告げた。

「厄介なことになった。俺は、ナオに恋情を抱いているらしい」

ぷっと吹き出したミゲルは、にらまれて顔を引き締める。

「あー。それで、転生者のほうはどうなんだ、イノセンシオ。おまえをどう思ってるんだ？」

「俺の見込みが間違っていなければ、向こうも憎からず思ってくれているはずだ」

ミゲルはイノセンシオの肩を叩いた。

「そうか。よかったじゃないか。まあ、まだちょっと幼いけど、ない話じゃないだろ」

「よくない」

「え、なんで？　めでたいだろ？　こんなときじゃなきゃ、祝杯をあげたいくらいだ」

うんうんと、ミゲルはうなずいている。

「あの子といると、おまえ、笑ってるもんな。いいことだ」

「俺には、魅了は効果はない」

「うん？　なんだ、いきなり？」

「魅了されていないことは、自分が一番わかっている。ナオがナオであること、アリステラではないこと。それも、わかっている」

「そうだな」

「だが、証明することは困難だ」

ミゲルは、何を言っているという顔をした。

「証明してみせればいいじゃん。ほら、うちの騎士にしたみたいに『右手上げてー』ってやってさ」

ふっと、イノセンシオは笑った。

「そうだな。片手を上げるのも、俺がナオと暮らしていなければ、証明になっただろうな。しかし、こうなっては……。綿密な打ち合わせをするには、充分すぎる時間が経ったと思わないか？」

「それは……その……」

ミゲルは歯切れが悪かった。イノセンシオは続ける。

「ミゲル。おまえが査問官だったら、納得するか？　今まで誰とも浮いた噂のなかった『竜王の血』の持ち主が、たまたま、転生してきた相手と恋に落ちたと、即座に理解してくれるのか？」

「まあ、それは……」

「それよりも、こう考えるんじゃないか。狡知な魔導師、邪法使いのアリステラが、巧みに転生者を装い、なにかしらの方法で俺を魅了にかけたのだと」

「んなこと言っても、『好きだけど、魅了にはかかってない』って裏付けを取るのは、実質、不可能だろ？　生来の才は見えにくい」

ミゲルは頭を抱えた。

「うっわ、困ったことになったもんだ」

イノセンシオはうなずいた。

「そうなんだよ。まずいんだ。この気持ちが表に出れば、二人とも即刻斬首刑だ」

ナオがアリステラでないという証明は、自分がナオを愛した途端に不可能となる。

それは、己のみならず、ナオの処刑を意味する。

生き延びさせてやると約束した。それを果たすことができなくなる。

ナオに惹かれていることには気がついていた。ナオは、イノセンシオにとって、唯一近くにいても安心できる相手だ。

もし課題を果たしても、ずっと側にいて欲しい。共に生きて欲しい。願わくば、その心も身体も、自分のものにしたい。そう望んでいることに気がついてしまった。

「でも、まあ、いいんじゃないの」

ミゲルは呑気に言う。

「サインもらっちまえば、こっちのもんだろ。それまで、内緒にすればいいだけのことだ」

「……ナオに、それができるとは思えない」

素直で、嘘のない感情豊かなナオ。それが、いい。そこが、好きだ。

その彼が、自分との恋の成就を隠して巧みにふるまえるとは、とても思えない。

「これは、なかったことにする」

イノセンシオは、ミゲルに念を押した。

「だから、ミゲル、おまえも、誰にも言うな」

かくかくとミゲルは、祭りのときのからくり人形のように首を縦に振る。

「わかった。言わない。大精霊に誓って」

イノセンシオは扉に近づき、開く。

「あ！」

ナオが慌てて、長椅子に戻った。必死に聞き耳を立てていたのだろう。澄ました顔をしているが、しきりとこちらを見ているから、内容は聞き取れなかったと推測する。

「待たせて悪かったな」

イノセンシオはわざと明るくふるまう。今までもさんざんやってきたことだ。仮面のような笑顔。偽るための快活さ。

「じゃ、戻ろうか。ナオ」

「う、うん……」

「二人目からもうまいことサインがもらえてよかったな」

「あの……」

「上等、上等」

ナオはなにか言いたげであったが、イノセンシオは話を続けて、決して彼に話をさせる隙を与えなかった。

■18　イノセンシオの思惑

オルヴァル邸への帰宅後。

当然のことながら、気まずい雰囲気が、イノセンシオとナオのあいだには漂っていた。

夕食は、ミルクシチューと肉詰めパイだった。おいしいはずなのに、ナオの視線が痛くて、味がしない。

それはナオも同様らしく、早々に「ごちそうさま」と言いおいて、食堂を出て行った。

マーサが近寄ってくる。

「だんな様」

「なんだ？」

「なにをなさいました？」

「なにもして……」

ないと言いきれない自分がいる。

「……」

「相手は、年端（としは）もゆかない子どもなのですよ」

「ああ」

イノセンシオの様子から、有責はこちら側にあると判断されたらしい。鋭さに舌を巻く。

「きちんと、謝りなさいませ。そして、責任をお取りくださいませ。だんな様はそれができる方と信じております」

「……」

そうは言われても。いったい、どうしたらいいものやら。

彼に恋情を伝えずに、今日の足先への口づけを納得させられる、そんなすべがあるものなら、ぜひとも聞かせて欲しいところだ。

「ナオ」

どういうふうに話をもっていけばいいのか、まだ心が定まっていないままに、ナオの部屋の扉をノックした。返事はない。中に、彼の姿はなかった。

「ナオ……?」

どこに行ったんだ?

「ナオー、おーい。ナオやーい」

猫を飛ばしたのだが、帰ってきたモカに言づてはなかった。

侍女たちがざわつきだす。庭師がランプを灯して捜し始める。門番に聞いたが、敷地から出た形跡はない。ということは、屋敷の中にいるはずだ。いったい、どこに。

ハッと気がつく。

「屋根だ」

庭から屋敷のてっぺんを見ると、くるくるとグリフのユキが飛んでいるのが見えた。あのあたりだろう。

「あそこに、いる」

使用人が、おろおろしていた。

「ハシゴが見当たりません」

「追えないように、ハシゴを引き上げたんだろう。よし、じゃあ、ロープをくれ」

束ねたロープを肩にかけると、屋敷のかたわらの木に足をかけ、登り始める。

イノセンシオは独り言を口にする。

「こんなことをするのは、久しぶりだな」

そう。この屋敷に来た当初は、俺も、一人になりたかった。よく木に登ったもんだ。

あの頃よりも、だいぶん、大きくなった。でも、まあ、いけるだろう。いってくれ。この木のほうにも、たくましくなったのを、見せて欲しいところだ。

屋根と同じ高さまで辿り着くと、ロープを枝に垂らす。それを振り子のようにして、木から、軒へと身を翻す。枝がミシリといやな音を立てたが、かろうじて、もちこたえた。

身体を屋根まで引き上げる。ナオがいるのが見えた。

ナオは、こちらに気づくと口を尖らせた。なんだか拗ねたような表情をしている。

自然と口元がゆるむ。愛しいと思う。

こんなにも、抗いがたい、膨れあがる感情が存在するとは。

「そう」なることを恐れていた。激情にさらわれることを、忌避してきた。それなのに、それは、いきなり飛び込んできた。そして、一度味わってしまったら、俺には、これをあきらめることができない。


この想いは、なんと甘美なんだろう。

その、尖った唇にキスを落としたい。

おまえを好きだと告白したい。

抱きしめたい。


気持ちを抑えて、棟づたいにナオの隣まで行く。

彼の頬は上気している。

ナオもまた、自分のことを想っている。

これは、奇妙な確信だ。

嬉しい。そして、まずい。

これを、伝えたい。彼は素直にこの胸に飛び込んでくるだろう。

俺は、彼の切望するように、百パーセント、完全に、彼だけを愛してやれる。心許せる唯一の相手がナオだからだ。始祖の竜王が、聖乙女にだけかしずいたように、大切にしてやる。

誰よりも。

だが、その結果は……――目に見えている。

ナオという、感性の塊のような少年が、恋の始まりを悟られないようにできるわけがない。

これが恋だと証明できるのは、自分たちだけ。

魅了と解釈されれば、ナオは処罰される。

そんな危ない橋を渡らせるわけにはいかない。

イノセンシオは、大きく深呼吸をした。

芝居だ。芝居を、するのだ。とんだ三文芝居だが。

「よう」

そう挨拶をして、彼の隣に座った。

■19 ナオの煩悶

少し前のこと。

ナオは、屋根の上で煩悶していた。

生真面目な魔導師長の変化を目の当たりにして、「魅了」の威力に震撼した。ブーツの上から舐められただけでも、悲鳴をあげるほどいやだった。

「ああ、どうしてなんだろ」

けれど、イノセンシオにされたときは、いやじゃなかった。恥ずかしかったけど。めちゃくちゃ恥ずかしかったけど。

でも、それでも、いやじゃなかったんだ。

「どうして?」

何度問いかけても、答えはひとつだ。

——好き、だから。

夕食はろくに味がしなかった。料理長は、ナオの好物を作ってくれている。味つけも、お子様舌のナオに合わせている。それなのに、残してしまった。ごめんなさい。でも、喉を通らなかったんだ。

一人で考えたかった。部屋じゃなくて、もっと広いところで。風を感じて、考えたかった。とは言っても、この屋敷から出たら、イノセンシオの迷惑になるだろう。

——ううう。

この屋敷の中で、完全に一人になれて、自然が近いところ。

——屋根の上。

それしか、思いつかなかった。

ハシゴをしまってある場所はわかっている。屋根裏部屋からよいしょと持ち出して、よじ登る。あとから人が来られないように、ハシゴは屋根に引き上げることにした。

ほんとはソロキャンしたい。一人になりたい。

月が大きい。それに薄青い色をしている。

「ほんとに、こっちの月ってぼくの知ってる月と違うんだなあ」

先輩のことが好きだったんじゃないの。裏切られたってショックだったんじゃないの。そのはずだったのに。

なんと。ぼくは。「先輩の顔が思い出せない！」のですよ。なんかこう、ぼんやりになってしまっている。びっくりだよ。

薄情だなあ。そのかわりに浮かんでくるのは、イノセンシオの顔ばっかりで。

「ううう」

足の指にキスをされたとき。「いやじゃない」どころか、その先を、もっと知りたいと思ってしまったんだ。

「ふううう」

グリフのユキが、「さ、もう帰りましょうよ」というように、ひらひら近くを舞っている。

「うーん、もうちょっとだけ」

がさがさっと音がした。それと同時にどんと音がして、びっくりして立ち上がりそうになったのだが、慌てて座り込んだ。落ちたら、危ない。

――あ……。

イノセンシオだった。彼が、屋根の棟伝いにこちらに来ていた。

「よう」

なにが「よう」だよ。

こっちがこんなに、悩んでいるのに。むすっとした顔をしたのだが、彼はいっこうに気にするふうもなく、ナオの隣に座った。

彼は陽気に言った。

「団長室では、悪かったよ。でもさ、あんなの、ちょっとした悪ふざけだろ。むくれるなよ」

「は？」

はあああああ？

「わる、ふざけ……」

「足にちょっとキスしただけだろ」

「キスした、だけー？」

イノセンシオって、そんな人だったの？　え、嘘。そんな、いい加減な人だったの？

そっちにまず、驚愕(きょうがく)かつ幻滅だよ。

「なんで……？」

彼はにやっと笑った。

「おまえ、きれいな足してたからな」
セ、セクハラだよ？　そんなの、許されないよ？

「あなたは、アリステラの、顔は、好きじゃないって」

「顔は好きじゃないけど、足はいけるらしいな」

ひどい。ひどいよ。そんなの。

「……悪かったよ。そんなに、怒るな」

怒るとか、そんな単純なものじゃないよ。がっかりと、嘘でしょと、ふざけんなと、どうしてだよの、大合唱。それがわんわん鳴っていて、頭の中が、うるさいぐらいだよ。

「ぼくは……っ！」

ああ、もう。こんなこと、言おうとしたんじゃなかったのに。

口が、勝手に。

「ぼくは……っ、イーノは、ぼくが、好き、なのかと、思って……」

これ以上、言葉をついだら、泣いちゃいそうになる。情けないけど。

「好きだぞ」

「え？」

ぱっと、彼の顔を見る。

「ほ、ほんと？」

「ああ、弟としてな」

「……っ！」

ぅう、もう、もう！

「イーノは、弟に、あんなこと、するの？　そういう、人なの？」

「出来心だったんだ。もう、二度としない。約束する。だから……——許してくれよ」

違うのに。そんな言葉が欲しいんじゃないのに。

なんだよ、出来心って。

「わかったよ……」

この人以外に頼れる相手はいない。だから、それよりほかに言えることはない。こんなの、ずるいよ。言わせてるよ。イノセンシオ。

だが、ナオの気持ちなど知らないかのように、イノセンシオは晴れ晴れと笑った。

「ああ、よかった。こんな雰囲気のままじゃ、課題に差し支えるからな。さ、仲直りの握手だ」

握手なんて、したくなかったけれど、イノセンシオは半ばむりやり、手を握ってきた。その手の温かさは以前のままなのに。

それなのに。

——ぼく、また、失敗しちゃった。勘違いだった。独り相撲だった。

大精霊がいるのなら、教えて欲しい。

好きな人に愛される日なんて、来るのかな。ちゃんと、自分のことを好きな相手を選べるときが来るのかな。

ただ、「好きな人に好きになって欲しい」、それだけなのに。

ぼくの願いが、かなう日は、来るのかな。

■20 課題三人目、アリステラの兄

屋根の上で、仲直りの握手を無理やりさせられてから二日ほどあとのこと。ナオはイノセンシオとともに、王都郊外にあるアリステラの実家屋敷を訪れるための馬車に乗っていた。

王都は城壁内はにぎやかだが、門を出てしまえば、ほとんど建物のない寂しい場所で、街道の周辺にも森や平原が広がるばかりだ。

——北海道の景色に似ているかなあ。

窓から外を見ながら、そんなことを思う。

「万が一誰かに顔を見られて魅了がかかると面倒だから、カーテンは閉めておけよ」

イノセンシオに言われて「わかってるよ」と返答して、窓を塞いだ。もう、見るものもない。しょうがないから、膝の上のユキを撫でる。ユキは、まんざらでもないように身体を伸ばしている。

ナオは屋敷の皆が裾と袖口に刺繍してくれた一張羅を纏っている。イノセンシオは、いつもの乗馬服にベストとマントだ。国王陛下に会うって、イノセンシオにとっても特別だっ

たんだなあと再認識する。

馬車の中、ナオとイノセンシオは向かい合って座っているのだが、目を合わせなかった。気まずい。魔導師長のところに行ってから、二人の関係はかなりぎこちないものになっていた。

ナオは思っていた。

——前は、イノセンシオとなら、どこに行くんだって、心が浮き立ったし、安心していられた。でも、屋根上で話したあのときから、なんだか距離を感じてしまうんだ。

イノセンシオが口を開く。

「これから行くのは、おまえの——その、ナオの身体の元のアリステラの屋敷だ。アリステラの兄が当主をしている。元々のあいつを知っている相手から、本人ではないと太鼓判を押されれば、はずみもつくってもんだろう」

「うん……」

兄？　そう言われても、まったくもって、かけらも顔が浮かばない。当然だけど。

ふうと、イノセンシオはため息をつき、身体を前のめりにした。ナオはそのぶん、のけぞる。

「そう、邪険にするなよ。傷つく」

「すみませんね。元から、こんな顔なんです」

ナオは、そう言ってから気がついた。

違う。「元からこんな顔」じゃない。だって、この、おきれいな顔は、自分のじゃない。

ここにきて、与えられたものだ。アリステラのものなんだ。

——ああ、そうか。

自分のものなんて、この世界に何ひとつないんだ。あえて言うとしたら、この、心だけ。

自分の意思だけなんだ。

ぼくには、なにもない。

なんだろ。今まで、そんなことを思ったこともなかったのにな。

あれ？

なんだろ。ふわふわしてるな。地面に足が着かないみたいな。


石畳に差し掛かり、馬車ががたごとと揺れ始めたので、町中に入ったのがわかった。

イノセンシオが言った。

「もう、スタウト家の領地に入っている。規模はオルヴァルよりだいぶ小さいが、王都から
複数の地方へ向かう街道沿いにあるから、町がにぎやかだろう」

ナオは、少しだけカーテンをあけて、町を見た。

「うん……。オルヴァルのハイネク村とは、だいぶ違うね」

ナオが話をし出したので、イノセンシオはほっとしたようだった。口元がほんのすこし、

緩んでいる。

「そうだな。ハイネク村のあたりは、山稜地帯だからな。オルヴァル領は広い。海側に下れば、かなり往来があるぞ」

「ふーん……」

イノセンシオが説明してくれた。

この町は街道の三叉路に面している。街道は、背中に王都、右手にオルヴァルの領地がある山岳地方、左手は平野をなだらかに進んでいく。

だが、自分たちが向かうのは、どちらでもない。

正面の小高い丘の上に立つ、屋敷。スタウト家だ。


馬車は丘を上っていった。

スタウト家は、オルヴァルの屋敷に比べれば、こぢんまりとしていた。オルヴァル邸は畑や牧場、果樹園も併設していたが、スタウト邸はあくまでも、邸宅だけだ。脇に二階建ての母屋と同じくらいの高さの塔がある。

馬車が止まる。先に馬車を降りたイノセンシオが手を貸してくれ、ナオは玄関先に降り立つ。そのとたん、敷布のようなもので頭をすっぽり覆われた。

「なに？」

かろうじて、外が見える穴があいている。イノセンシオが抗議する。

「いきなり、なにをされます。スタウト伯爵」

「魅了をかけられては困るからな」

そう言ったのは、中年に差し掛かった、頭頂部が若干こころもとない男性だった。

――えっと。この人がアリステラのお兄さん？　お父さんじゃなくて？

そう思って戸惑っていると、イノセンシオが耳打ちしてきた。

「アリステラは魔法で自分の年齢を止めたんだ」

「あー……そういえば、そんなことを……」

アリステラのほんとうの年齢っていくつなんだろう。もしかして、イノセンシオよりも上だったりして。彼の兄の年齢からすると、おおいにあり得る。

なんたる、アンチエイジング！

――きっと、前の世界だったら、それだけで大もうけできそうだよね。ぜったいに需要があったよね。

「なにか、失礼なことを思っているのは、わかっている」

アリステラの兄、略してアリ兄が、しかめ面をして言った。

「だが、ここでお帰りいただくのだから、どうでもいいことだ。竜公爵には、借りがある。以前、魔物討伐の際、妻プリシラの弟が救われた。だから、会うことにしただけだ。借りは返した。署名などせん。この、鬼子めが」

なんと流ちょうな、罵倒の言葉。

立て板に水の勢い。

アリステラは兄にどれだけ、憎まれているのか。

「まあ、それにしても、せっかく来たのですから、話し合いを」

イノセンシオは、こうなるのがわかっていたようだった。まったく、意に介していない。

落ちついた対応をしている。

オバケ状態になっていてよかった。びっくりした顔を見られなくて済んだもの。

「魅了などという、どうしようもない生来（しょうらい）の才を持って生まれて」

アリ兄は、そう言った。ナオは、アリステラのことを快くは思っていない。どちらかといえば、お友達にはなれそうもないタイプだと感じている。でも、生来の才って、「自分ではどうしようもないもの」じゃないの？

イノセンシオの「竜王の血」が、別に望んでなったわけではなかったのと同様に。

さらに、その次の言葉で、ひっくり返ることになる。

「だから、親父（おやじ）はこいつを修道院に入れたのに」

アリ兄……――今、なんと？

「修道院……？」

「そうだ。神に祈りを捧げて一生を過ごすようにな。だが、半年で修道院はアリステラの私物と化した」

そりゃあ、そうでしょうとも。

美貌(びぼう)に魅了。

加えて、大きな野心を持っていたとしたら、そんなの、ライオンをウサギの群れに突っ込むみたいなものじゃない？

おまえたちか。元凶は。

「その修道院も脱走して、あいつのことは忘れかけていた。なのに、三ヶ月ほど前、ふらりと顔を見せた。その顔は……――十五のままだったんだ」

アリ兄は、身を震わせた。

「そして、妻のプリシラに魅了をかけた。私へのいやがらせだ。あれから、妻は私や息子たちとは、顔を合わせようとしない。ただひたすら、アリステラを待っているだけだ。私の、妻なのに……！」

うん。いろいろとポンコツだけど、とにかく、妻のプリシラさんを愛していることだけは伝わってきた。

「ごめんなさい。ぼく、そのことはよくわからなくて。えーと、この身体の持ち主がすみません？」

「……すみません？　おまえ、そう言ったのか？」

「は、はい？」

それだけで、なんで、驚いているんだろう。

「いや、今さらだ」

「伯爵」

イノセンシオが提案する。

「プリシラ夫人の魅了をとくので、かわりにサインをいただけないでしょうか」

「魅了を……」

一瞬、心が動いたようだった。だが、彼は思いとどまった。

「いや、だめだ」

「なんで？」

ナオに、アリ兄は言った。

「おまえは妻に、もっとひどいことをするかもしれない」

うおお、アリステラ、まったくもって、信用がないな。むりもないけど。

「今だったら、生きているんだ。私を愛さなくても、息子たちを見なくても、生きている。それだけで、私は……――」

結局、家に入れもしないまま、ナオとイノセンシオは追い返された。

丘の下、宿場町の宿屋に部屋を取った。そこにイノセンシオが食事を運んでくれる。

遅い昼食だ。

温かなシチューに厚切りのパン。簡素な食事だったが、空腹だったので身に染み渡るようなうまさだ。

イノセンシオはナオに聞いてきた。

「どうする？　このまま、帰るか？」

「帰らないよ。プリシラさんをなんとかしないと。魅了解除してあげないと、かわいそうだ。自然に解除されるにはいったいいつまでかかるかわからないんでしょ？　子どもにも、だんなさんにも本心では接したいに違いないもの」

むにむにと変顔のために顔の体操をしつつ、ナオは答える。あ、この顔、よく伸びる。さすが、アンチエイジング。お肌が若いね。

ふっとイノセンシオが笑う。

「おまえのことだから、そう言うと思ったよ」

「でも、どこにいるのか、わからないんじゃ、解除しようがないね……」

しゅんとして言ったのだが、イノセンシオは自信たっぷりに言った。

「子どもにも自分にも顔を合わせようとしないという口ぶり、魅了解除しようと提案したときのあの物腰、それでも妻を愛しているという言葉。おそらく、プリシラ夫人は近くにいるはずだ。だがアリステラを求めて飛び出すかもしれない。自由にさせてはいない。つまり」

ナオは、はっと気がついた。

「わかった。プリシラさんがいるのは……」

あの、塔だ。


夜が更けたところで、丘の上のスタウト邸に歩いて戻る。イノセンシオは町で手に入れた折りたたみのハシゴを、かついでいた。

イノセンシオはハシゴをかけて、バルコニーに。さらに、屋根裏の窓枠に足をかけて上がる。そこから長いロープが垂らされた。ナオは、そのロープの端を自分の腰にしっかりと結ぶ。

「よいしょ」

あー、ソロキャンやっててよかった。ロープをうまく結ぶのは、ソロキャンパーのたしなみだ。

イノセンシオは、ナオの体重などないかのように軽々と引っ張り上げてくれた。

そのままそろそろと、棟づたいに、塔のほうに進む。棟瓦が崩れているところがあって、足場が悪い。もしかして、アリ兄はプリシラさんのことで胸を痛めていて、メンテナンスがおろそかになっているのかもしれないけど、ここらが崩れると雨漏りする危険性があるから、直したほうがいいですよーと、元・何でも屋の自分が言ってみる。

「行けそうか？」

背後からやはり自分と同じように棟を進んでいるイノセンシオが聞いてきた。

「ん、たぶん」

ちょうど、塔の窓がこちらと同じ高さだ。まだ、明かりがあるからきっとプリシラは起きている。

ぼくの顔、わかるかな。

「よし、行け」

イノセンシオに言われた。

「プリシラさーん！　いますかー？」

ばたんと窓が開いた。

「あなた、あなたなの？」

すごい。一発でわかった。プリシラさんは、華やかではなかったけれど、落ちついたおとなの女性だった。アリ兄とは、きっととてもお似合いの夫婦だろう。

「あの、ぼく、アリステラじゃないんですけど」

「会いたかった。ずっと、会いたかったの」

「あのですね。あなたの魅了を解きにきたんです。危ないから、そこにいて下さいね」

「待っていたわ。ようやく、お会いできた」

こちらの言うことをまったく聞いてない。

やばい。

たおやかな女性が髪を振り乱して身を乗り出している。翼もないのに、こちらに飛んでこようとしている。

窓の下にはなにもない。二階といっても元の世界の住宅とは比べものにならない高さがある。落ちたら、命が危ない。

「布団が、吹っ飛んだ！」

渾身（こんしん）のギャグを叫んだ。彼女は言った。

「待っていて、今、行くから」

あれー？　まったく効果がない。魔導師長には効いたのに。ああ、こんなことなら、イノセンシオにこちらの世界の小粋（こいき）なジョークを教えてもらっておけばよかった。

よし、それなら、これだ。変顔！

「なにをしている？　おりろ！」

ようやく気がついたのか、階下からアリ兄が叫んでいる声が、ここまで届く。

うう。この屋根の端っこで両手を離すのは、とっても恐（こわ）い。でも、このままだと、プリシラさんが落ちてしまう。お願い、月明かり。ぼくの顔を照らして。

「こうだ！」

両手で口の端を伸ばして、目を上に向ける。

「ぷふっ」と声がした。あ、よかった。プリシラさんが笑った。魅了は解除されたよね？

安堵すると同時に、ぐらりと身体が傾いた。

まずい。落ちる。この屋根の、てっぺんから。地面へ。

「うわーっ！」

悲鳴をあげたそのときに、ぐっと、イノセンシオに抱きかかえられた。そして、そのままの姿勢で、ごろごろと屋根の片側を転げる。イノセンシオ一人だったら、止まることができただろうが、ナオを抱えてはむりだ。二人ともが、地面に向かって落ちていった。


——おーい。おーい。

誰かの声がする。

——どうだね。このまま、わしと楽しい旅に出ないかね。

その声は、大精霊。

「いやです。まだ、生きたいです」

——そうなんだー……

なに、その、がっかり声。いくら死んだおじいちゃんに似た声でも、そうそう、その頼みは聞けないよ。

「おい、おい！　ナオ！」

今度は、イノセンシオの声だ。

「ん、んー？」

目をあけると、ナオは長椅子（ながいす）に寝かせられている。室内がわりと豪華なところを見ると、きっと、スタウト家の屋敷内なんだろう。客間かなあ、なんて、考えていると、かたわらのイノセンシオがはーっと息を吐いた。

「よかった。目を覚ましたか。俺がわかるか」

「うん、イーノ……」

がばっと身を起こす。まったく痛くない。でも、その代わり。

「イーノ！　それ、どうしたの？」

イノセンシオは、傷だらけだった。そして、三角布で腕を吊っていた。

「ああ、地面に落ちたとき、肋骨（ろっこつ）にひびが入って腕が折れたらしい。なに、慣れてるよ。治癒魔導師（ヒーラー）がいればいいんだが、この宿場町には常駐していないそうなんでな」

部屋の隅を見ると、アリ兄が、青い顔をして、妻のプリシラさんと抱き合っている。そのプリシラさんのスカートにしがみついている、前の世界だったら小学生と中学生くらいの男の子二人が、きっと息子たちだろう。

アリ兄の口からは、「王族にケガ、王族に……」と呪文のように言葉が紡がれている。

イノセンシオは片手で羊皮紙をひらひらさせる。

「せっかく奥方の魅了が解かれて、感動の再会だったのに、たいへん申し訳ないんだが、できたらこちらの羊皮紙にサインをいただけるとありがたいんだが」

是も否もなく、アリ兄はその羊皮紙をぶんどるようにして摑むと、かたわらのテーブルにあったペンをとって走らせた。

「これで、よろしいでしょうか」

「とってもよろしいですよ。文句なし」

よかった。アリ兄も、プリシラさんも、それからお子さまたちも、嬉しそうだ。

――しまった。あんまり見ないようにしなくては。

せっかく解いたのに、下手をしたら、また、魅了をかけてしまう。そう思ったのに、プリシラさんは、こちらに近づいてくるとナオの手を取って、押し頂かんばかりに涙した。

え、どうしたの？　もしかして、まだ魅了が残ってる？　そしたら、まずいよね。

「ありがとう。ずっと、苦しかったの。夫や子どもに、会いたくてたまらないのに、できなくて。ありがとう」

彼女がしてくれた頬へのキスは感謝がこもっていて、ナオの胸の奥深くを温めてくれた。

翌朝、宿場町を出発するときには、スタウト伯爵家の全員が、わざわざ馬車を見送ってくれた。

「みんな、仲良くねー!」

そう言って、手を振っていたナオは、イノセンシオに向き直る。

「ねえ、イノセンシオ。痛い?」

「うん? まあ、俺の肉体は頑強だからな。すぐにくっつくさ」

違う。それでは、まったく、答えになっていない。

「あのね、ぼくは、痛いかって聞いたんだよ」

「ああ、そうか。そうだな」と、イノセンシオはうなずく。なぜだか、機嫌がいいようだ。

ケガをしたっていうのに、変なの。

「動くと響いて、少々痛むな」

イノセンシオはそう言うと、身を屈めて額を合わせてきた。

「……ありがとうな、ナオ。心配してくれて」

心底、うれしそうに、彼は言った。

ナオは、ざわめく気持ちを、抑えることができなかった。

——ああ、やっぱり、ぼくはこの人が、まだ好きなんだなあ。

そう、思った。

——イノセンシオを好きな心を止めるって、そんなに急にはできないんだなあ。

イノセンシオが、柔らかく笑う。

「これで、三つのサインをもらった。あとは二つだ。気を引き締めていこう」

「おう」と返事をして、ナオはガッツポーズをとった。

■21　課題四人目、精霊王

オルヴァル邸では、最近、朝食にヨーグルトがつくようになった。そこに蜂蜜をたらりと垂らすのが、ナオのお気に入りである。

「ん、おいしい！」

こちらの蜂蜜は、自分が知っているそれよりも、もっとずっと濃厚だ。口に入れるととろけそうになる。

「んふふ」

ナオを見ていた隣席のイノセンシオが、言った。

「それ、うまそうだな。俺にもくれよ」

イノセンシオに言われて、侍女が同じものを運んできた。「あーん」と彼が、口を開ける。

侍女は澄ました顔をしているが、ほんの少しだけ、口角が上がっている。微笑ましいというような表情だった。

「これ、恥ずかしいんだけど」

とは言っても、今日の朝ごはんも、ほとんどナオが食べさせた。

「まだ、少し痛いんだよな。これ」

そう言って、イノセンシオは自分の腕を吊っている布を顎で指し示す。そう言われてしまったら、従うしかない。

「わかったよ。ほら、イーノ。口をあけて」

「ん」

まるで、ひな鳥にごはんをあげるお母さんになった気分だよ。そうっと、彼の舌の上に、蜂蜜ヨーグルトをのせてあげる。自分の指までくわえ込みそうな勢いで、イノセンシオが口を閉じたので、ナオは慌ててスプーンを引っ込める。

「うん、うまい」

「でしょ？」

「柔らかくて、おいしい」

「そりゃあ、ヨーグルトだから」

そこまで言って、考える。ヨーグルトだよね。ヨーグルトのこと、言ってるんだよね？

「あと二人だね」

そう言いながら、ヨーグルトをスプーンですくう。

「ああ、次は、精霊王……――ヴィエナのところに行くぞ。去年、代替わりしたんだ」

そう言うと、珍しくイノセンシオは苦い顔になった。「ヨーグルトになにか入っていたかな?」と、ナオが首をかしげてしまうような表情だ。

「ヴィエナさんってどんな人なの？　男の人？　女の人？」

「女……になるのかな」

え、なに。なんなの。その言い方。

「子豚の着ぐるみ……じゃないや、魔道具くれた人だよね。ということは、魔法に詳しいんだよね？　魅了の解除も教えてくれたし」

「あれは、年の功と言って差し支えない」

「年の功？」

魔女みたいなおばあちゃんなのかな？

「悪いやつではない、が……」

イノセンシオが、こんなに言葉に詰まっているの、なんだか新鮮だ。

「まあ、なんだ。会ったら、二度と忘れられなくなる。そんなやつだ」

「ふーん……」

えーと、それは、ほめているのでしょうか。けなしてるんでしょうか。

「じゃあ、その。楽しみにしてるね」

そうとだけ、言った。


スタウト家に行ってのち。

イノセンシオとは元に戻ったみたいに、またよく話すようになった。ナオは気がついていた。どうしても、彼に気持ちが寄ってしまう。

だめだ、だめだめ。近づこうとしたら。また、痛い目に遭う。

彼の「好き」と、自分の「好き」は違う。ちゃんと、それをわきまえておかないと。

うん。で、そういう話は、とりあえずこっちにおいて。

あと二人のサインをがんばるんだ。

自分たちが生き延びるために。


そして、今。自分とイノセンシオは、精霊王が住まうという精霊宮に向かっている。

山がひとつ、平原の真ん中にぽつんとあった。精霊宮はその山上にあるという。山のふもとで王都から乗ってきた馬車を降り、ナオとイノセンシオは、馬で赴く。

ナオは乗馬経験がないので、イノセンシオの後ろに乗るように指示された。二人を乗せた馬は細い道を上っていく。

　ふよふよと猫たちも飛んでついてくる。

　ナオが馬に乗り慣れていないからだろう。イノセンシオは、ゆっくりのんびり、歩かせてくれた。

　イノセンシオの身体に手を回しているため、筋肉がついているのがわかる。まるで、鎧みたいだ。

　彼は、片手で手綱を操っている。

「ね、ぼくがつかまって平気？　ヒビが入ったあばらのとことか腕とか、痛くない？」

「問題ないよ。だから、ちゃんとつかまってろよ。馬は案外高さがあるからな。落ちるとケガするぞ」

「ん」

　馬で行かないといけないとか。精霊宮への道ってどうして、こんなに険しめなの。

「あのさ、王宮に飛んだときみたいに、転移陣で行くわけにはいかないの？」

「あー、あれは、大きな魔力を必要とするからな。設置運用するためには、魔導石が必要なんだ。それに、精霊宮はあんまり俗世とはかかわりたくないんだよ」

「ふーん」

　ナオは、気になっていたことをたずねた。

「イーノ。王様がいるのに、精霊王もいるの？　どう違うの？」

イノセンシオは説明してくれた。

「現世王は、あくまでも、国の行政を束ねる。精霊王は精霊の声を聞き、俺たちとの間に立ってくれるんだ」

やがて、周囲の木々の様相が変わってきた。巨大な木が両脇から枝を伸ばし、アーチの形になっている。それが尽きると、鳥居にも似た木の門が見えてきた。これが、精霊王がおわします、精霊宮の入り口らしい。

二人は馬を下りる。イノセンシオが馬の手綱を引いて、中に入っていった。

警備の人がいない。

「こんなに、不用心で大丈夫なのかな？」

「この山自体が、精霊の守りに満ちているからな。許しのない者は、道を上がることさえできない」

「そうなんだ……」

樹木がたくさんある。日本の寺社みたい。そう、高野山とか、伊勢神宮とか。

前の世界で、大きめの神社仏閣を訪れたときに感じた厳かな気配。それを、色濃く感じるんだ。もしかして、これが精霊なんだろうか。

イノセンシオは、馬を木に繋いだ。それから、遠慮なく奥へと歩いていく。

やがて、正面に大きな神殿が見えてきた。手前には階段がある。両脇に、太鼓や笛を持った人たちが控えていた。

イノセンシオは苦々しげな顔になると、足を止めた。

笛の音が響く。

――おのずと厳粛な気持ちになるね。

そう思ったのに。

どーんと大太鼓が鳴らされると、様相が違っていた。笛の音は陽気にひゃらりらしているし、琵琶(びわ)みたいな楽器は弦(げん)がバチでストロークされる。そこに、太鼓がめちゃくちゃアグレッシブに鳴り響く。

「なに？　なにが、起こったの？」

階段の上から、つややかな銀の髪をなびかせた女の人が、七色の衣装をまとって、降りてきた。背中には、派手で大きな羽根飾りをつけている。周囲には、金色の衣装を着けた女性たちがいて、彼女たちは激しく踊る中央の人に向かって花びらを撒(ま)いていた。

「ヴィエナ……」

イノセンシオが心底いやそうに、そう言った。

彼が、こんなふうに感情を見せるなんて、けっこう珍しい。そして、羽根飾りの女性は、神殿の階段を、その格好で踊りながら、一段、一段、おりてくる。そのたびに、太鼓は鳴らされ、笛は高まり、花びらは舞う。

た、宝塚（たからづか）のひとですか？

むしろ、なんとかサンバかもしれない。

銀色の髪に銀色の瞳。派手な顔立ちのその女性が目の前に立った。ものすごく、いい匂（にお）いがしている。彼女はにこにこして言った。

「いらっしゃい、イノセンシオ！」

「ヴィエナ」

この人がヴィエナ？

――おばあちゃんじゃなかった！

「やっほー、イノセンシオ。大精霊の愛（いと）し子を連れて来るっていうから、歓迎したのに、なになに、しけた顔しちゃって。私の挨拶、気に入らなかった？」

「ヴィエナ。これは、必要だったのか？」

「きみの不愉快な顔を見るには、ね。おう、こっちが、アリステラ改め、なんだっけ？」

ナオは頭を下げた。

「マブチ・ナオです。名前がナオで、姓がマブチ」

彼女が自分を見ている。魅了にかけてしまうのをおそれて、目をそらそうとしたのだが、許されず、彼女にがっきと両頬を挟（はさ）まれ、目を覗（のぞ）き込まれた。

「ほおおおおお」

銀色の目でじっと見られると、どぎまぎしてしまう。奥まで見通しているみたいだ。なんだか恐い。恐いのに、目を離せない。

——魅了、魅了しちゃう！

ナオはぎゅっと目をつぶった。

「あ、私には種族的に魅了は通じないから、安心して。ね、イノセンシオ、この子、ちょうだい！」

「えええええっ？」

いきなり、なにを言うのだろうか。イノセンシオが手で彼女をしっしっと遠ざける仕草をする。

「なに言ってる。だめに決まってるだろう」

「ちぇー」

——んんんん？

二人は、どういう関係なんだろう。

「こちらはヴィエナ。精霊王。大精霊の声を聞く者だ」

ナオは改めて頭を下げる。

「ナオです。魔道具をありがとうございました。すごく、助かりました」

「おう、きみはいい子だねえ。やっぱり、欲し……」

「やらん。まったく」

二人の顔を見比べていると、ヴィエナが説明してくれた。

「イノセンシオが八歳のときにここに預けられたんだよ」

ああ、そうか。八歳って、「竜王の血」の力を出してしまったときだね。なんか、「鍛錬して、感情を制御するようにした」みたいなことを言ってたっけ。

「ここにいたんだね、イーノは」

「そうだ。そのときからの腐れ縁だ」

ナオは、確認する。

「それは、もしかして、幼なじみってやつですか」

ヴィエナは言う。

「それはいいね。そうそう、幼なじみ」

イノセンシオはあからさまに否定する。

「違う」

ヴィエナの髪が乱れ、尖った耳が現れた。

——は……？

「ああ、そうか。きみ、エルフは初めてだね？　私はエルフの長兼精霊王なんだよ」

エルフ。ラノベやマンガでおなじみのやつ！

「お二人は……――もしかして、将来を誓い合った仲とかですか？」

竜王とエルフ。なんか、ありそうじゃないですか。そういうカップル。え、そうなの？

もしそうだったら……どうしよう……。

ヴィエナは「あら、そう見えちゃう？」と嬉しそうだったが、イノセンシオが吠えた。

「そんなわけがあるか！　こいつは、三百歳は超えているんだ。俺にとって、こいつは、ここらにある古い樹木みたいなもんだし、こいつにとって俺は、まあまあ丈夫で壊れないオモチャみたいなもんだ」

三百歳……。魔女じゃないけど、思ったよりはお姉さんだった。

「あらあらあら。ひどいなあ」

「ヴィエナ。サインをくれ」

イノセンシオは、羊皮紙を突き出している。ヴィエナは微笑んで言った。

「いいよ」

――わー、ヴィエナさん、いい人だ。

彼女は付け足す。

「ただし、金葉樹（きんようじゅ）に花を咲かせることができたらね」

「……――それって『いい』って言ってないよな」

イノセンシオの凄みの利いた言葉に、ナオは、つぶやく。

「金葉樹……？」

それってなんだろう。

「金葉樹は、あの木だ」

イノセンシオが指をさす。大きな枝を張っていて、ここからでもよく見える。おそらく、この精霊宮の中心にある木だ。

だけど、枯れている。

「いにしえのエルフが持ち込んだものなんだけどね、花を咲かせてくれないんだよ」

――ヴィエナさんのこと、いい人だと思ったの、撤回。

枯れ木に花を咲かせる。花咲じいさんにならないと、むり。

まずは、犬のポチがいないと。あと、意地悪じいさんと。それに、ポチって、死んじゃうんじゃなかったっけ。お墓のかたわらの木で臼を作ってその灰を撒くんだよね。

――やだ、ポチ。死んじゃやだあ！

まだ見ぬポチに思いを馳せるナオであった。イノセンシオが詰め寄っている。

「おい、ヴィエナ。『金葉樹に花』って言ったら、むりなことのたとえだろ」

「えー、そのくらいしてくれないと、おいそれとサインはできないなあ」

「世の中には、おもしろがっていいことと悪いことがあるんだからな」

ヴィエナが手を打つ。

「あ、そうだ。イノセンシオ。父上がおまえが来るのを楽しみにしていたよ。奥の院まで行ってきたらどう？　……たぶん、これが最後になると思う」

イノセンシオの顔が引き締められた。

「そうだな。お目にかかってこよう」

イノセンシオはナオを見る。

「おまえは、どうする？」

なんとなく、ここは遠慮した方がいい気がする。

「イノセンシオ、行ってきて。ぼくは残るよ」

「そうか。……ヴィエナ、変なこと吹き込むなよ」

「しないようー。いってらっしゃーい」

イノセンシオが去ったとたん、ヴィエナが、くるっとナオを振り返った。

「さて。この場所を案内しようか」

ヴィエナといっしょに、精霊宮を散策することになった。木々の隙間を縫うように道があり、滝やほかの神殿もあった。時折、すれ違うエルフたちが、頭を下げる。

みな、若々しく、銀の髪と目をしていて、美しい。だけど。

「ナオくん、どうしたの？」

「イノセンシオは、ここにいたんですよね。なんだか、ここには、人間はいない気がしますけど」

「いいところに気がついたねえ」と彼女はうなずく。

「あの子はね。特別だから」

「『竜王の血』があるから？」

ヴィエナはうなずいた。

「そうだよ。始祖譚は聞いたことある？」

ナオは首を横に振る。ヴィエナは教えてくれた。

「昔々、人は、小さな国を作って、その国ごとにいがみ合っていたんだよ。まあ、人間は愚かしいからね。でも、竜王が、聖乙女とともにそれらの国を統一した。それが、エール王国国王の祖先だね。私の曽じいさまが伝説として語るぐらいのことだから、君らからしたら、三千年ほど前のことになるかな。イノセンシオは、その、先祖返りなんだよ」

なるほど王の中の王様なわけだ。けれど、平和な時代には、危険すぎる。

「彼が、激昂すると、力はあふれ出て、止まらなくなる。八歳のときに、その力が出てしまってね。まあ、修行というか、精神鍛錬というか、竜王の力を制御するために、ここで暮らしていたんだ。まあ、あのころの彼は、可愛かったなあ。こんなに小さくてね。お母さんから離されたから、しくしく泣いていて、夜には私にすがりついてきたもんだよ」

小さいイーノ。泣き虫のイーノ。

「見たかった！」

ああ、今ほどこの世界に、スマホや、ビデオ、せめてカメラがあればいいと思ったことはない。

「見たかったです」

「じゃあ、見ればいいじゃない。この場所の木が、大気が、変わらないものたちが、きみに見せてくれるよ」

二人は、枯れた金葉樹がある場所に出た。高さは神殿に届くほどだが、花も葉もない。その枝から、ふわふわふわとなにか綿のようなものが降りてきて、ナオの身体にまとわりついた。

ふわりと、身体が宙に浮く。

あれ？　なんだろ。ぼく、夢を見ているのかな。


――ああ、ヴィエナさんがいる。

「こんなにすてきな日なのに、きみは、どうして泣いているんだい？」

彼女が話しかけているのは、小さな黒髪の男の子。

「母様がいない。父様も。弟のエリュシオも」

ということは、この子がイノセンシオなんだ。ヴィエナさんは今と変わらないのに、イノセンシオはちっちゃい。このイノセンシオだったら、ぼくでも軽々だっこできそう。

「困ったねえ。きみは、そのまま帰れば、また、弟を傷つける。弟だけじゃない。きみの両親や、王宮の人たちも。すべての人たちが、きみの力の前には無力だ。そんなに、人間の世界に帰りたいかい？」

「うん」

こくんとうなずく。

――うっく。かっわいいー！

「えー、そうかなあ。きみを、こんなところに閉じ込めたやつらなんだよ。きみの『竜王の血』が恐いんだろうなあ。あんなやつら、やっつけちゃえばいい」

「そしたら、どうなるの？」

「きみは、人間じゃなくなる」

「そんなの、やだあ」

イノセンシオが泣きべそ顔になる。うっわー、泣き顔もかっわいい！　ぎゅうってしたくなるよ。

そう思ったら、イノセンシオは不思議そうにこちらを見た。いや、これは、昔のことだよね。ぼくのことが見えてるわけないよね。

そう思うのに、きょろきょろと周囲を見回している。すると、一人のエルフが、現れた。

顔は若々しいが、白髪だ。その威厳から、きっとこれが先代の精霊王だろうと見当をつける。

先代は、咎(とが)めるように言った。

「ヴィエナ。おまえはまた、イノセンシオを泣かせて」

「お父様、私はほんとのことしか、言ってないです」

それらはかき消え、それから、もう少し大きくなっているイノセンシオが出てきた。

背後から、ヴィエナが矢を射る。だが、その矢をイノセンシオは素手で摑んだ。

「いい加減にしろよな。普通だったら、死んでるところだ」

「だが、きみは死んでいない。父上から聞いたぞ。ここを出て行くんだって?」

「ああ」

「なんで」

「ヴィエナには関係ないだろう」

「関係なくないだろう。こんなに、可愛がってやったのに。楽しいオモチャだったのに」

イノセンシオの表情がなくなった。


——おい。おい。おーい?

話しかけられて、ハッと我に返った。

ヴィエナが嬉しそうに自分を覗き込んでいる。現在に帰ってきたのだ。

「どう？　見えた？」

こくこくとうなずく。

「見えた。見えました」

「きみは、大精霊のよっぽどのお気に入りなんだねえ」

「大精霊って、たまに聞こえてくる、おじいちゃんの声？」

ヴィエナは少し、驚いたようだった。

「聞こえるの？　そうか。きみは、転生者。大精霊に愛されし者だものね」

大精霊に。うう。誰かに愛されたいとは思ったけど、大精霊って。

「これはね、すごいことなんだよ？」

迫力に満ちた表情でそう言われても、ピンとこないよ。

「イノセンシオもいちころになるわけだ。竜王が一目惚れ（ひとめぼ）した聖乙女みたいにね」

「そんなこと、ないです。イノセンシオはぼくのことなんて、弟くらいにしか思ってないです。いや、それでも、とってもとっても、ありがたいことなんですけど。けど！」

「え、そう？　おっかしいなあ。うーん……。人間はややこしいからなあ」

ヴィエナが、嬉しそうに続けて言った。

「もし、行くところがなかったら、ここに来るといいよ。大精霊の加護あつききみには、ぴったりだ。そして、私らとおもしろおかしく暮らそうよ」

ヴィエナの肩をイノセンシオが掴んだ。帰ってきていたらしい。彼女を睨む。

「おい、ヴィエナ。おまえ、よけいなことを吹き込んでないだろうな」

「吹き込んでないよ。ねー？」

ナオは、遠い目をしてつぶやく。

「金葉樹に花……？」

——おっけー！

なんか、声がした気がする。きょろきょろとナオは周囲を見るが、ほかにだれがいるでもない。

もしかして、これが、大精霊？

「ヴィエナさん。やってみていい？　できそうな気がする」

そう言って、ナオは枯れた金葉樹を振り仰いで、目を閉じる。手をどうしていいのかわからなかったので、ぱんぱんと柏手を打ってみた。

——お願いします。この木に花を咲かせて下さい。

——いいよー！

そう、声が聞こえた。

軽っ！

はっとイノセンシオが息を呑んだ気配がする。

目をあけると、木は緑の葉をつけていた。その葉っぱは縁がギザギザしていて、魔導師長が胸につけていた金のバッジは、この葉っぱをかたどったものなのだと思い至る。やがて、金色の小さな花が咲き、それがほろほろと散って、ナツメに似た実がなった。

ヴィエナがその実をもいで、くれる。齧ると果汁が口中に広がった。

「わー、おいしー！」

「ナオ、おまえ。そうやって、すぐにそこらのものを食べるな」

「だって、もらったものだし。おいしいよ？」

精霊王は教えてくれる。

「やっぱりねえ。大精霊は、一番上位の存在で、ここに私たちがいるのも、その恩恵ありきなんだよ」

「魔法とは、違うんですか？」

「通常の魔法は詠唱もしくは魔方陣が必要だね。あと、気合い」

「気合い」

「アリステラが使ったのも、それなんだけど、精霊に強く命じる感じ。反して、大精霊の加護は、願うと勝手にかなえてくれるんだよね」

んん？　通常魔法が「ヤンキーが下っ端にパシリさせてあんパン買いに行かせる」のだと

すると、大精霊の加護は「おじいちゃんに『お願い』する」みたいなものかな？

「大精霊はいつも、きみのお願いを聞きたくてしょうがないみたい。気に入られたねえ」

ときには、ものすごく強い力が動くんだよとヴィエナは言った。

ということは。

ナオが転生したのは、大精霊のお気に入りで、雷に当たったときに、願ったこと。

――生きたい。

その願いを、かなえてくれたってこと？　よりによって、アリステラという、ラノベだったら、美少年悪役令息間違いなしの身体を使ってだけど。でも、そのおかげでイノセンシオにも会えた。

「そっかあ。いつもそこにいるんだね。ありがとう、おじいちゃん」

――ええんじゃよ。いつでも見ておるからな。

言葉ではなく、そう言われた気がした。

「おもしろいなー。大精霊の愛し子か」

ヴィエナはほんとになんでもおもしろがる。

イノセンシオは、疎まれて、一人でここに来て。

寂しくて心細くて。

――ぼくと、同じだね。

でも、ぼくはイノセンシオがいたから、寂しくないよ。

――うん、ぼく、もし、イノセンシオが許してくれるなら、やっぱり、そばにいたい。

ナオはそう思ったのだった。


ヴィエナはサインしつつ、イノセンシオに小声でささやいた。

「ふーん。なるほど。あの子がきみの聖乙女なんだね」

にやりと笑うヴィエナが、イノセンシオにはうっとうしい。

「早くそれを、よこせ」

そう言って、ケガをしていない左手を差し出す。ヴィエナはそこに羊皮紙を渡してくれた。

彼女は何を思ったか、腰に差した羽根扇を抜いて打ってきたので、イノセンシオは右手で応じた。

「ふーん……」

ばれた。もう、ケガが治っていることが。

「いいだろ、ちょっとぐらい」

ああ、そうだよ。甘えたかったんだよ。笑え。笑えばいいだろう。

だが、ヴィエナはそうはしなかった。

「恋というものは、愚かしいが、見ていて、うらやましくなる」

「言うなよ。ぜったいに言うなよ」

「言わないよう。ねえ、二人ともで、ここに住むっていうのはどうなの？」

「ここにか？」

「そうだよ。ここなら、治外法権だもの。二人の生命は保証されるのに」

「いや……」

「帰るって言い出したときと、返事は同じか。きみは人間が好きなんだね」

「人間だからな」

馬のかたわらで待っていたナオのところに羊皮紙を携えて戻った。

「待たせたな」とナオを両手で馬に抱え上げる。ナオが言った。

「イノセンシオ、手、治ったの？」

「うん？」

「あ、そうか。ヴィエナさんが治してくれたんだね。さすが、ヴィエナさん。精霊王なだけあるね」

ばつが悪い。

「ま、まあな」

「よかった、イノセンシオのケガが治って。もう、痛くないね」

「……」

帰りは前にナオを乗せて馬を歩かせ始める。

――なんだ、これは。

あんなに、ひどいことを言ったのに、なおいっそう、ナオは、輝いている。真冬に花を咲かせるように、さらに研がれた純粋な愛情で、こちらに接してくる。

ともすれば、気持ちがいっそう近くなっていくのを、止めようがない。

今すぐ、抱きしめてやりたい。今こうしていても、それを留めるのが、難しいほどだ。

そうだな。この、精霊宮でなら、自分たちがずっと暮らすことも可能だろう。

楽しくふわふわした生活が続くだろう。死ぬまで。

だが、それは「生きている」と言えるだろうか。生きるってのは、もっともっと、泥臭いもんじゃないのか。そして、俺は、こいつを生きさせてやりたいのだ。この世界で。

「あと一人だからな」

そう言うと、ナオはこちらを振り向いて、にこっと笑った。

「うん。がんばろうね」

「そうだな……」

答えつつ、彼の頭のてっぺんにあるつむじに顎を当てた。

「なにすんの、イノセンシオ。くすぐったいよ。イーノってば」

月明かりの中、馬上でじゃれあう二人を、飛んできたモカとユキ、グリフ二頭があきれたように見ていた。

■22　最後の一人、前哨戦

最後の一人、前騎士団長ゴンザレスは難関だった。

イノセンシオとナオは、現騎士団長であるミゲルの部屋に来ている。ゴンザレスはミゲルの前任であり、かつ、大叔父に当たり、その人となりを多少は知っているからであった。イノセンシオはなによりも情報が欲しかったのだ。

「とは言っても、ゴンザレス殿は、親族だからと言って、ひいきしたり親しく話したりはしない男だったからなあ。大叔父が親しかったのは、あくまでも当時最強の騎士たちばかりで。俺なんて、どっちかというと『おまえのような臆病者が騎士団長か。世も末だな』と見られている節があるよ」

長椅子に座っていたイノセンシオは、にやっと笑った。

「いやあ、俺は、いいと思うけどなあ」

そう言うと、ナオが同意する。

「そうですよ。上司が慎重なのは、いいことです。早めに救援、余裕ある日程、だいじです」

強調するところを見ると、前の世界では、よほどひどい目に遭ったらしい。

だが、それは真実であった。ミゲルが騎士団長になってから、殉職者も退団者も減った。ほどよい頃合いに竜公爵という最強の駒を使うその手腕を、イノセンシオはおおいに買っている。

「ミゲル。ゴンザレス前騎士団長は、こちらと会ってもくれないんだ。これでは、とりつく島がない」

「悪いが、力になれそうもないな。俺ごときの言葉で動くあの方ではないからな」

ゴンザレスは、イノセンシオからの申し出に対して、こう言ったのだ。

――邪法を使った身体なら、滅してしまえ。せいせいするだろう。

「ゴンザレス殿は、決して悪人ではないのだが、融通は利かないんだよなあ」

ミゲルはうんうんとうなずいている。イノセンシオはミゲルに訊ねる。

「なにかないのか？　ゴンザレス殿が、思わずサインしたくなるような、とっておきが。酒でも食い物でも……」

ちらりとナオを見て、小声で言う。

「女でも」

「そう、言われても……――ほんとにないんだよな」

いざとなったら、国王である父親に頼み込んで圧をかけてもらうつもりでいたが、それは、最後の手段だ。できれば避けたい。

今までと同じように、ゴンザレスみずからサインしたくなるように、しむけたい。

ミゲルは、嘆息する。

「大叔父殿の執心は、『白獅子団』だけだよ。金品にも酒にも女にも興味はない」

「白獅子団？」

イノセンシオは身を乗り出した。

「ああ。元騎士団の精鋭十六人で構成された私設騎士団だ」

「老人会か？」

退団した騎士たちが集って、昔話に花を咲かせることは珍しくない。だが、ミゲルは慌てて口に指を当てた。

「しっ、しーっ！」

周囲を見る。自分たち以外いないことを確認して、まじめな顔でイノセンシオに食ってかかる。

「おまえ、間違っても、それをほかで言うなよ。ゴンザレス殿の耳に入ったら……――」

ミゲルは身を震わせる。

「『白獅子団』はバリバリ現役だよ。うちの騎士たちが戦いを挑んでも、勝てるかどうか。クマ殺しの斧、大蛇の矛、鷲の目の槍とあだ名された猛者たちが所属している。元気すぎて、喜んで無料奉仕で魔物退治に行っちゃうご老人たちだ」

その話を聞いていたナオがつぶやく。

「戦闘マニアかな？」

――戦闘好き、ねえ。

「それが使えないものか。ちょっと考えてみる価値はあるな。俺は出てくるから、ナオ、ここで待っててくれ」

イノセンシオはそう言うと、部屋を出て行った。


ナオを残していかれて、ミゲルが嘆いた。

「まったく、あいつは、ここを自分の控え室だとでも思っているのかね」

ナオは素直に「ごめんなさい」と謝る。

「ん？　ああ。すまん。いいんだ。俺のほうが、あいつに恩を受けているからな。これぐらいじゃ、まだまだ返しきれないさ」

そう言って、ミゲルは長椅子に座って、剣の手入れを始めた。ナオは、ミゲルが腰にしている騎士守りが気になってしょうがない。革の細いテープを編んで球形にしたものだ。

「あの、ミゲルさん」

あまり目を合わせないように、注意しながら、おずおずと彼に話しかける。

「ん、なんだ？　ナオ」

ミゲルのほうもナオに慣れてきて、態度が柔らかくなっていた。

「あの、そのお守りの作り方を、知りたいんですけど」

「あ？」

ミゲルは納得したように「あー」と続けた。それから、にっと笑うと、「わかった。うちのやつに聞いてみる」と猫を呼んでくれた。

「ありがとう！」

指先の器用さにはちょっと自信がある。イノセンシオにお守りを作るんだ。そうしたら、もしかしたら、おじいちゃんこと大精霊がイノセンシオを守ってくれるかもしれないし。

単純に、持っていてもらえたら、嬉しいし。

しばらくすると、王都に居を構えているらしく、ミゲルの奥様が直々(じきじき)に来てくださり、ミゲルが書類仕事をしている脇で、作り方を教えてくれた。


ナオは屋敷に帰宅したあと、マーサに革と針を手に入れたいと頼んだ。

「どうするんですか」と聞かれたので、「イーノにお守りを作るんだよ」と正直に話す。

「だってぼく、屋敷のみんながぼくのことを思って服に刺繍をしてくれたとき、とっても嬉しかったから。だから、イノセンシオにもしてあげたいんだ」

手作りって、重いかなあ。だけど、こちらでは、基本、手作りじゃないとなにも作れないしなあ。

「イノセンシオは、いやかな。ぼくが作ったのなんて」

マーサは、「とんでもないです」と言ってくれた。初対面からは考えられないくらい、マーサの言葉遣いはていねいになっている。

「そんなことはありませんよ。ナオ様がいらしてから、だんな様はよくお笑いになります。ナオ様はいい子ですもの。嬉しくないわけがありますか」

ナオは、「ありがとう」と言いながらも、心の中で反省していた。

――ぼく、「いい子」なんかじゃないです。

お守りの中に髪の毛を忍ばせようと思っているのだ。

キモい。我ながら、どうかしてる!

だけど、しちゃうつもりなんだ。

だって、教えてもらったんだもの。それは恋の成就を願うおまじないで、そうすると、相手の心が自分のものになるんだって。「私もそれで、ミゲルの心を摑んだのよ」って。奥様はそう言ってたんだ。

――ぼくは、乙女か。

いい子なんかじゃない。イノセンシオを困らせてしまう感情をまだ抱いている。

なんでかな。坂下先輩のときには、すぐにあきらめようって思えたのに。イノセンシオだと、それができないんだ。「どうか、イノセンシオが自分のほうを見てくれますように」と、そう願うことをやめられないんだ。

■23　騎士守り

オルヴァル邸の自分の執務室で、イノセンシオは頭を抱えていた。

――ゴンザレスにサインさせるためには、白獅子団を引っ張り出すのが一番だろうが。どうしたらゴンザレスの気を引くことができるのか。いざとなったら、どんな手を使ってもサインをさせるつもりだった。その算段は立てていた。

だが、できるなら、きちんとナオを認め、自ら納得してサインしていただきたい。

「あの、ね。イノセンシオ」

執務室で思いにふけっていたイノセンシオの目の前に、ナオが立っていた。彼は、もじもじしている。

「どうした？」

「こういうの、作ったんだけど」

そう言って差し出してきた彼の指に傷を認めて、イノセンシオの顔は曇る。だが、彼の手の中にあったものを見て、晴れやかな心地になる。

ミゲルがつけているのと同じような、革の騎士守りだった。これは、剣を携える帯に下げるものだ。

「これを、俺にか？」

「うん。初めてだから、まだ、へたっぴだけど。ミゲルさんの奥さんや、マーサさんや、ほかの侍女たちに教わって、作ったんだ。イノセンシオが、このまえ自分をかばったときみたいに、ケガをしませんようにって」

このまえのケガだって、実は一晩経てば治っていた。そんな自分に「ケガをしませんようになんて言ってくれる相手はいなかった。

「ありがとうな。嬉しいよ。でも、手が痛かったな。かわいそうに」

そう言って、受け取る。自分の手のひらに、彼が作ったお守りがある。

「これは、嬉しいものだな」

「よかった」

そう言って笑った顔が、愛らしいことこのうえなかった。

「そうだ。ナオ。『そろきゃん』に行かないか？　こういうときだから、昼飯を食うだけだが。多少は気晴らしになるだろう」

ナオは不思議そうな顔をした。

「でも、ソロキャンは……」

「だめか？」

ぶんぶんと彼は首を横に振った。

「とんでもないよ。行く。うん、行くよ！　行こう、二人でそろきゃん！」

なんとも、嬉しそうな顔をしている。自分まで心が浮き立ってくる。ナオがつぶやく。

「えー、さっそく効果があったのかな」

聞きつけたイノセンシオが「なんのことだ？」と聞いたのだが、「ううん、なんでもない！」とにこにこしていた。

イノセンシオは、「おかしな奴だな」と、ふっと笑う。

ナオ。おまえは、いつも俺を笑わせてくれる。

■24　二人のそろきゃん

オルヴァル邸から馬で一時間ほど。

ナオはイノセンシオとともに、ブナに似た木が茂る森に着いた。ここが二人で「そろきゃん」する場所だ。

荷物は少ない。前の世界で言えば小型リュックふたつぶんほどの大きさだ。だが、袋の中からは続々とキャンプ道具——……イノセンシオに言わせれば「野営のための道具」が出てきた。

通常で考えれば、決して入る量ではない。

「これは魔法なんだね。魔道具だ」

興奮してナオがそう言うと、イノセンシオは何が面白いんだという顔でこちらを見ていた。

「まあわりとよくある収納具だが……珍しいか？」

「珍しいどころか初めて見るよ！　いいな、すごいな。これがあったら、すごい便利だったな」

イノセンシオが聞いてくる。

「ここは、気に入ったか？」

「うん。静かだし、川は近いし、最高だよ！」

「それは、よかった」

猫たちもくっついてきていた。近くを気ままに、ほわほわと飛んでいる。

――イノセンシオ、気分転換のために連れ出してくれたんだな。

こんな、切羽詰まっているときなのに。なんて、優しいんだろう。

イノセンシオが木の枝で、地面に盆ほどの大きさの円を描くと札を貼り付けた。

「ここに薪を持ってきてくべれば、火がたえない。これが、水。食糧は保存魔法がかけられたこの箱から取り出す」

「冷蔵庫まであるんだ？」

イノセンシオが鍋を火にかけた。

その周囲の火を使って肉をあぶり始める。この赤みは鹿肉だろうか。イノセンシオが、肉に粉を振りかけた。

「そ、その粉は」

この匂いには、覚えがある。

「ガラム粉という。南方の珍しい香辛料だ。俺は好きなのだが、魔物を呼ぶ香りだと、苦手な者も多い。それに高価なので、なかなか手に入らない」

「カレー、カレーだ」

口の中によだれが湧く。

「絶対にカレー！」

「ガラム粉が、好きか？」

「大好き！」

「そうかそうか、そんなに好きか」

イノセンシオは大笑いすると、その香辛料をナオの分の肉にもたっぷりふりかけてくれた。

「まさか、カレー味を食べられるとは思わなかった」

やがて、肉に火が通り、野菜スープができあがった。イノセンシオがパンを切ってくれる。

野外で食べる料理は、いつだっておいしかった。

ここ、異世界で。

エール王国で。

イノセンシオと食べるのだったら、なおさらだ。そして、楽しい時間はすぐに終わってしまう。

日が少し傾きかけたとき、イノセンシオが言った。

「そろそろ帰るか」

「イーノ」

フード付きのマントを羽織り、膝を抱えた姿勢で、ナオは言った。

「イーノ。ぼくを、イーノの、恋人にしてくれるわけには、いかないの？」

「……だめだ」

ひどく沈んだ声がした。ナオは食い下がる。

「あのね、イーノ。イーノだったら、ぼくの足、舐めても、やじゃないよ」

「おい、ナオ」

ナオは必死だ。あるもの全部を投げ出して、愛を乞う。

「ぼく、イーノのことが、好きなんだよ。イーノは、ぼくの足が好きなんでしょ。いくらでも、舐めさせてあげる。それ以上のことも、なんだってしていいから」

「ナオ……」

荒ぶる波のような感情が、イノセンシオを訪れていた。

あのとき、彼の足先に口づけた甘美な時間が、彼にこんなことを言わせてしまっている。

いとおしさ。悔恨。不条理。

情緒がぐちゃぐちゃになり、渦を巻いている。

引き寄せて口づけたかった。おまえを愛していると告げたかった。

それが破滅に繋がったとしても。

——だめだ。

そうしたら、さらに大きな悔恨が待っているだけだ。静かな一呼吸ののち、イノセンシオは言った。

「むりだ。おまえを、そんなふうには、扱えない」

今は、まだ。

「でも」

「頼むから。俺を、自分を嫌いにさせないでくれ」

おまえと出会って、ようやく息を吹き返したんだ。おまえを生かす手伝いをさせてくれ。

ナオは、泣きそうな顔になった。それを隠すようにマントのフードをかぶった。

「ぼく、この顔じゃなければよかった」

「ナオ……」

二人は感情が高ぶっていて、その存在の接近に気がつかなかった。焚き火めがけて、魔物が突進してきた。

ナオは、魔物に出会ったのは初めてだった。それは、獣の形をしていた。だが、ふつうの獣とは輪郭（りんかく）が違う。すすけている。

イノセンシオが、素早く背後にナオをかばった。その腰のベルトには、ナオが作ったお守りがある。

「鹿だ」

鹿？

「うそ、嘘でしょ！　ぼくの知ってる鹿と違う！」

「魔鹿なんだ」

マジか。

魔鹿。

間近に魔鹿。

——プリシラさんの魅了を解くときに、このだじゃれを知っていたら、よかった。

ナオは、そんなくだらないことを考えていた。現実を認識するのを拒否していたのかもわからない。

「しまったな。剣は天幕の中だ。まだ日があるので油断した。俺ともあろうものが」

イノセンシオは、そこらの小枝を手にしている。身軽く、それを放った。その枝は、鹿の目を射抜いた。

「やったー！　当たったよ、イノセンシオ」

「気を抜くな」

イノセンシオは薪を拾うと、もう片方の目を狙う。が、魔鹿は突き進んできた。角でイノセンシオを引っかけようとする。

「油断するなよ。前にこいつを倒したときには、騎士団の精鋭、およそ三十人で対応した」

「ええ？」

薪を手にして間合いを取りつつ、イノセンシオは言った。背中にナオをかばったままで。

「ナオ、おまえは逃げろ！」

「いやだよ」

「おまえをかばって戦うのは、不利なんだ」

ああ、ぼく、足手まとい！　でも、足が。足が動かないんだよ。必死に祈る。

「どうか、どうか、イノセンシオを……！　守って……！」

そう願うと、彼の腰にあるお守りから、彼の身体全体に、そして、手にした薪に、まばゆい光が宿り始めた。

「なに、いったい、なに？」

ああ、もしかして、これって、大精霊の加護……？

イノセンシオが薪一本で魔鹿に挑んでいく。それは、とても薪には見えなかった。大きな斧のように、魔鹿の身体をまっぷたつにした。

魔鹿は声をあげて、霧散していった。

「イノセンシオ！」

「逃げろと言っただろうが」

「腰が、抜けてるみたいで。むり」

「無事でよかった」

そう言うと、彼はナオを抱きしめる。それから、はっとしたように離した。

「そうだ。いいものを見せてやる」

イノセンシオはそう言うと、今まで魔鹿のいた箇所に赴く。そこには青く輝く美しい石があった。それをイノセンシオは手に取る。

「魔鹿と言っても、もとはふつうの鹿なんだ。だが、この魔導石が体内にできると、魔物となり、凶暴化する」

たちの悪い結石かな？

イノセンシオは、ナオを見た。

「俺のために、祈ってくれたんだな。ありがとう」

微笑まれると、きゅーんとしてしまう。そして、思い知る。

やっぱり、自分は、イノセンシオのことが好きなんだな。

「うん。イーノが、無事でよかった」

「おまえを危険な目に遭わせて悪いことをした。まさか、魔物が出るとはな。ガラム粉のせいなんだろうか」

カレー粉の、思わぬ副作用だ。

「平気だよ。イーノと一緒だったから」

イノセンシオは魔導石を掲げた。

「魔道具は、魔導石で動くんだ。魔導石がとれるのは鉱脈がほとんどで、魔物から採取するのは、困難だ。そのぶん効果は抜群だが」

「じゃあ、これって、相当に貴重なものなんじゃないの」

「そうだな。そうとうな高値で取り引きされるだろう。――箔が付いた。これなら、きっと」

イノセンシオはにやっと笑った。こちらを見ると、うなずいてみせる。

「ナオ、おまえはすばらしいよ。最後の一片がはまった」

「ぼく、役に立った？　役に立ったね」

「ああ、いつだって、ナオは、最高だよ」

どうやら、本気で、イノセンシオはそう言ってくれているようだった。

■25　ゴンザレスとの会談

「五人の課題」の提出期日まであと五日というとき。

イノセンシオは国王の紹介状を手に、単身、名誉騎士団長ゴンザレスのもとを訪れた。さすがのゴンザレスでも、国王の紹介状を無下にはできなかったようだ。ようやく、会ってもらうことができた。

ゴンザレスは、前騎士団長にして、今も多くの貴族王族の信頼があつい重鎮だ。

白髪になろうとも、身体(しんたい)は頑強。

王宮近くに住まいを賜(たまわ)り、引退した騎士たちで白獅子団という私設騎士団を指揮している。

ゴンザレスは、執務室で大机をあいだにして、イノセンシオと向かい合っている。彼は、渋い顔をしていた。

「国王陛下を敬愛しているからこそ、顔を立てておぬしと会ったが、返答は同じだ。私は、転生者など、世迷(よま)いごとと思っている」

そう来ると思っていたイノセンシオは、にこやかに切り出した。

「名誉騎士団長殿。貴殿は、私設騎士団をお持ちとか」

「おう、私の自慢の騎士たちよ」

彼の口元がほころぶ。

「なんでも、かつて名誉を得た騎士たちを配下として、毎日、訓練をされておるとか。……老骨にむち打って」

ピクリ。ゴンザレスの眉が動く。

「老骨とな。それは、聞き捨てならんな」

「年寄りの冷や水とも申します。いい加減に引退されたほうがよろしいのでは」

ゴンザレスの手が動く。帯剣していたら、剣が抜かれていたかもしれない。

「おぬし、私を愚弄するか」

「いえいえ、心配しているだけです」

フンとゴンザレスは鼻を鳴らした。

「私を怒らせようとしても無駄だ。私は、転生も大精霊も信じぬ。それだけだ」

「では、現物をごらんいただきましょうか」

「なに？」

イノセンシオは、腰の革袋からこのまえの魔鹿から採取した魔導石を取り出し、見せた。

手のひらに余るほどの大きさ。室内の光さえ、まぶしく反射する青。

「これは……なんという大きさ……なんという輝き……」

「これは、私と転生者が二人で森に行ったときに、偶然、遭遇した魔鹿から採取したものです」

ガラム粉で魔物を惹きつけてしまったことは言わないでおいた。

「この石を持った魔鹿をおぬしたち二人でだと」

よしよし。ゴンザレスの目の色が変わった。

「私は竜王の血を引く者。そして、転生者は大精霊の加護あつき者。魔鹿さえ、これなのです」

イノセンシオは、机上に身を乗り出し、声を低める。まるで、誘惑するかのごとき囁き声で告げる。

「竜王と転生者。この取り合わせと戦ってみたくはないですか。天地開闢より初めての試合となりましょう」

「ううう。確かに……」

引っかかった。ゴンザレスらは脳まで筋肉でできている。強い敵とは戦いたくなるものらしい。さらに、たたみかける。

「二度の機会はありますまい」

「くっ」

「まあ、いいのですよ。おそろしいなら、戦わなくても。老人会同然の騎士団など、我らにはものの数ではありませんから」

「うぬう」

ゴンザレス名誉騎士団長は、戦闘欲に負けた。

「わかった。そこまで言うなら、首を洗って待っているがいい。試合は三日後。場所は東門外にある騎士団練習場だ」

三日後は、「五人の課題」の期日だ。

「試合は公式ルールですか?」

「そうだ。騎士団の模擬騎馬試合だ。いいな?」

イノセンシオは心中で躍り上がった。

「もちろんです。謹んでお受けします。そして、戦って、我らが勝利した暁には、署名を」

「おうよ。約束は違えぬ」

ゴンザレスは明らかに上機嫌だった。心底、戦うのが大好きなのだ。

「楽しい試合にしてくれよ。ふがいない戦いぶりであれば、査問会を待つまでもない。私がそなたらを剣の錆にしてくれるわ」

そう言ってから、高笑いする。

「望むところです」

にやりとイノセンシオも笑った。

ゴンザレス宅を辞して転移陣に向かう、イノセンシオの気持ちは晴れ晴れとしていた。

これが終わったら。そのときには、きちんと話をしよう。

この気持ちを、打ち明けよう。

そう。

すべてを、やり遂げたら。

■26　オルヴァル邸での練習

白獅子団との試合が決まったその日から、オルヴァル邸の庭では、特訓が行われていた。

とは言っても、ナオが軽くて丈夫な盾を持ち、イノセンシオはそこに向かって藁玉を投げる。ナオはただひたすら、それをよけるだけだ。

「ぼくは、剣の稽古をしなくていいの？」

思わずそう聞くと、イノセンシオが自分の剣の中でも小ぶりな一振りを持たせてくれた。

ずっしりと肩にくる重さだった。

「これを、振り回せるか？　人に向かって」

ぶんぶんと頭を横に振り、その剣をイノセンシオに返す。イノセンシオはうなずく。

「いいか、ナオ。おまえは旗頭だ。馬には乗らない。陣地で旗を守るだけだ。安心しろ。誰ひとり、近づけさせない。だが万が一、敵が近くに来たら、我が身を守れ」

それって、足手まといなのでは。

「ねえ、もしかして、イノセンシオ一人のほうが戦いやすいとかない？」

「うん？」

イノセンシオは考え込んでいた。いやいや、そこは嘘でも違うって言ってよー！

うん、と、イノセンシオはうなずいている。

「おまえがいたほうが、俺のやる気が出る」

「ほんと？」

「ほんとうだ。それに、先方は竜王の血と転生者という組み合わせと戦いたいらしいしな」

「うーん……」

戦闘マニアゆえなのだろうか。老いてなお盛んだ。

「それに、規則で旗頭はいないといけない。いくら俺でも、旗を守りつつ、相手を攻めるのは至難の業だ」

なるほど、納得だ。

「ぼく、がんばるよ。だって、これは、もともとはぼくがこっちに来たから起こったことだから。それに、ちょっとでも、イノセンシオの助けになるなら、嬉しいし」

だから。

「せめて、邪魔にならないように、ぼくを鍛えて」

「ああ、じゃあ、今度は、いざってときの訓練だ」

「うん」

「俺が『構えろ』って言ったら、身体をできるだけ小さくして、盾の陰に入れ」

「なんだ、それ」

イノセンシオは手を打つ。

「構えろ！」

「う」

できるだけ。亀の子のように。小さく。

「よーし、いい子だ。よくできたぞ」

イノセンシオが、ナオの頭を撫でる。

「おまえのことは、俺が守るからな」

その顔に、ぼうっと見とれる。

「……なんだ？」

「なんでもなーい！」

なんて、頼もしいんだろう。このまえ、『そろきゃん』したとき、イノセンシオはぼくを守ってくれた。その背中は、どんな盾よりも信じられたよ。

なにがあってもこの人は自分を守ってくれるって、感じられたんだ。

思えば最初から、そうだった。

査問会の法廷では、後見人になって、かばってくれた。

このまえ、プリシラさんの件で屋根から落ちたときも、腕に抱えてくれた。

「とにかく、あと一人にサインをもらおうね！」

ぼくは、イノセンシオをあきらめられてない。

「五人の課題」が終わって落ちついたら、イノセンシオの気持ちだって変わるかもしれない。

だから、とにかく、生き延びる。

これを、やりとげる。

■27　最後の課題、騎馬試合

エール王国には、多くの美しく、強い馬が産するという。

その中でも、特に鍛え上げられた馬たちが、王都郊外の騎士団練習場に集結していた。

審判や試合補助を担当するのは、現役騎士団員十数名だ。

「ひー」

ナオはびびっていた。

こういうの、映画で見たことがある。剣闘士が戦い合う映画だった。その場に、自分が。剣闘士でもないのに。前の世界でも、こっちでも、完全非武闘派なのに。

今だって、自分はいつもの服だ。そして、魅了を防ぐために目のあたりにかろうじて外が見える穴があいた白い布を被せられている。

イノセンシオは、軽い革鎧をつけていた。その腰には自分があげた騎士守りがある。彼は細身の槍を手に騎乗している。

白獅子団は、八人。みな、金属の鎧を身につけ、がちがちの武装をしている。

戦斧、大剣、大槍。

——強そう……。

現役を退いたとは言え、あまりにも血の気が多いので、魔物の棲む森に狩りに行って魔導石を集めるのが趣味という、猛者たちだ。

なんかもう、すごい、迫力がある。

練習場はサッカーフィールド十面ほどの大きさで、ゴールがあるべきところに小山が二つ、ある。そこに、旗が立てられている。旗頭はゴンザレス名誉騎士団長。そして、こちら側は、自分。

この二人だけは、馬に乗っていない。

「はわわわ」

小山の旗をとったほうが勝ちなのだそうだ。ガチンコ勝負である。死人が出たこともあるという。

相手側の八人はみんな、やる気に満ちている。

まずは、全員が中央に集められた。自分も白い布に足を取られそうになりながら、従う。

ゴンザレスがイノセンシオに言った。

「飛び道具とあらゆる魔法、特に『魅了』と『竜王の血』は使用禁止だぞ」

「もちろんです」

「戦闘不能か、腰から下を地についたら、退場だ」

「了承しています」

会話を聞いていたナオは、足が震えてきた。

――戦闘不能ってなに。なにげに恐いんだけど。

「安心しろ。治癒魔導師(ヒーラー)を呼んである」

ゴンザレスはそう言ったけど、なにそれ。まったく、全然、安心できないんですけど！

安心要素、ゼロだよ！

「即死した場合は、蘇生(そせい)は難しいが、なんの、戦って死ぬのは武人の誉(ほま)れよ」

――武人じゃないし！

「全員が退場か、旗を奪われれば負けとなる。では、旗頭が旗場についたら、試合開始だ」

——う、うう。

「じいさんたち、血気にはやりすぎなんだよな」

イノセンシオが苦笑している。

「ナオ。旗場から動くなよ。ただ、俺のために祈ってくれ。それだけで、俺は百人力になれる」

「うん。うん……」

ごめんね、おじいちゃん。こういうときだけ、頼って。苦しいときの神頼みもいいところだよね。でも、お願い。イノセンシオをどうか守って。

ナオとゴンザレスが各々の旗場につき、角笛（つのぶえ）が吹き鳴らされた。

どどどどと音を立てて、イノセンシオは場内を馬で駆ける。

す、すごい。

もしかしたら、大精霊の加護もあるかもしれない。だが、それよりもなによりも、イノセンシオは、めちゃくちゃに強かった。相手が多人数であっても、まったく意に介することなく、切り込んでいく。

イノセンシオは、軽装だ。

相手のシニアリーグが、鎧兜（よろいかぶと）をフルに着けているのに対して、イノセンシオときたら、革鎧だけなのだ。その身の軽さを生かして、馬上で身を乗り出し、シニア組の鎧の隙間から槍を差し入れ、バランスを崩して、落馬させていく。

――かっこいい。

もう、イノセンシオだけでナオの狭い視界はいっぱいいっぱいだ。

――あの人が自分の好きな人なんだよ！　ね、かっこいいよね。最高だよね！

白獅子団が騒ぐ。

「うぬ、汚いぞ」

「馬から身を乗り出してはならないって規則はなかったはずだが。だったら、そっちのほうが、断然、人数が多いんだ。それは、どうするんだ。それでもいいって言ってるんだから、文句言うな」

「ぐぬぬぬ」

しかし、じいさまたちは、しぶとかった。今度はじりじりと、数騎でイノセンシオを取り囲む。イノセンシオは、馬から身軽く、ほとんど水平に身を乗り出して、一人を掬(すく)い上げるように落馬させた。

――鮮やか！

イノセンシオが驚愕したようにこちらを見た。そして、叫んだ。

「構えろ！」

「え？」

なんども練習しただけあって、なにが起こったのか、理解する前に身体が動いた。大きな盾の陰に身を入れて身体を小さくする。盾に衝撃が響いた。

「なに？　なになに？」

立ち上がろうとするのだが、盾が重い。見ると、盾にはびーんと大きな槍が刺さっていた。

「わーっ」

どっきんどっきんと、心臓がやばいくらいに鼓動を打ち鳴らしている。

——死んでた。これ、刺さったら、死んでた。

ざわっと、フィールド上に風が吹いた。

イノセンシオのまとう雰囲気が、変わっていた。

「飛び道具は禁止だったはずだが？」

低いイノセンシオの声なのに、ここまで響く。それほどに静まりかえっている。

——まずい。

イノセンシオの背中からなにかがあふれ出ている。「竜王の血」だ。あの力が出ようとしている。

「だめー！」

ナオは叫んだ。

それで、人を傷つけてはいけない。だめ！

刃のように、地に傷跡がつけられた。空気を引き裂き、すでに落馬している騎士に向かう。彼が槍を投げたのだろう。だが、その空気の刃は、彼の直前で止まった。男は、凍り付いたように裂かれた地面を見ていた。

「『竜王の血』を使ったな。反則だ」

白獅子団の男はわめいている。イノセンシオは冷静に言った。

「そちらが先にやった」

数人の現役騎士たちが審判をしていたのだが、ざわついている。ゴンザレスが手を上げた。

「最初に手を出したのは、うちの者だ。おまえは、退場せよ。馬が蹄を引っかけないように、場内を整備してくれ。それから、再開だ」

「よかろう」

イノセンシオは、厳しい顔になっていた。

「本気を出さねばならないようだな」

イノセンシオは、引きちぎるようにして、革鎧さえ脱ぎ捨てた。

「無茶だ!」

誰かの声が響く。

そう言われるのも無理はなかった。ただ一振りの斧、一太刀の剣、一刺しの槍があれば、大ケガをする。へたをしたら、イノセンシオの命はない。

試合再開と同時に、イノセンシオの馬がナオに向かってきた。掬い上げるように、馬上に乗せられる。その拍子に、かぶっていた布がとれて落ちた。

魅了を恐れてだろう、動揺が広がるのを感じる。

「俺の後ろにいろ。しっかりつかまっていろ」

「うん」

しがみついているイノセンシオの背中が温かい、なんて、こんなときなのに、思ってしまう。

「俺の命に替えても、おまえを守る。絶対に当てたりしない。だから、ちゃんとしがみついていろ。俺のことだけ、考えていろ」

「わかったよ。イノセンシオのことだけ考えていればいいいんだね」

あなたのぬくもりを感じて、あなたのことだけを考えて、いればいい。

なんて、たやすいことなんだろう。

なんでかな。楽しいんだ。

これに失敗したら、自分たちは処刑されてしまうのに。

それなのに、楽しい。楽しくて、たまらない。

「よし、一気に行くぞ」

古い物語にあった、竜王と彼を助けた聖乙女のように、二人を乗せた馬は飛ぶように闘技場を駆けた。

「どうなってるの。今、なにがどうなっている？」

ナオには、まったくわからない。わかっているのは、この馬の上で、今、イノセンシオが必死に戦っていることだけだ。

ナオの身体は、ぐんと、後方に引っ張られた。

「あ、あ……！」

「飛ばすぞ」

相手の陣地の小山に向かって疾駆（しっく）しているのだ。かしいだ姿勢と激しい揺れがおそろしく、ナオは目を閉じる。イノセンシオの身体が傾き、足を振り上げる気配がした。

「これで、終わりだ」

がっという音がした、相手を蹴（け）ったのだとわかった。声があがる。

「もう、力を抜いていいぞ。ナオ」

「は、はひ……」

目をあけた。

イノセンシオはその手に、旗を持っていた。

「……勝ったの？」

「そうだ」

腰が、ガクガクしている。振り向いたイノセンシオの顔を見て、驚く。

「イノセンシオ、ほっぺたに傷が」

「こんなのは、かすり傷だ」

イノセンシオがほめてくれた。

「よく、がんばったな。ナオ」

「こわ、こわかったー！」

イノセンシオは馬から下りると、鎧姿で尻餅(しりもち)をついているゴンザレスに手を貸した。

「年寄りはだいじにするもんじゃぞ」

「あなたのことは、好敵手と思っておりますゆえ。手加減は失礼かと」

「ふん」

馬の鞍(くら)から、羊皮紙とペンを取り出すと、イノセンシオはゴンザレスに渡した。彼は、すらすらとサインをする。

「なかなか、おもしろかった」

「それは、重畳(ちょうじょう)」

「竜王と聖乙女の始祖譚を目の前で見たかのようだった。いずれ、また相まみえたいものよ」

「ゴンザレス殿……」

イノセンシオは苦笑している。ゴンザレスさん、どれだけ戦うのが好きなんだよ。

「どうじゃ。このあと、宴など」

「嬉しいお誘いですが、ようやく『五人の課題』のサインを全員分いただけました。一刻も早くこれを査問会に提出したいのです」

「あいわかった。また、会おうぞ」

終わったんだ。終わっちゃったんだ。

なんだか、ぼうっとしてしまう。

「あのね」

走らせすぎたと思ったのだろう。イノセンシオは自分は歩きでナオは乗せたまま、馬の手綱を引いてゆっくりと小山を下ってくれた。

「うん？」

「ぼく、がんばったよね」

「ああ」

「ごほうびが、欲しいんだけど」

うう。こんなときに。こんなときだから。

「なんだ？　珍しいな。いいぜ。言ってみろよ」

「『好き』って言って欲しいんだ」

ぴたっとイノセンシオの足が止まった。

「嘘でも、いいんだ。それでも、かまわないから」

彼は、笑って再び歩きだす。

「屋敷に帰ったらな」

きっと、「好き」の声の響きでわかる。イノセンシオが自分をどう思っているのか。そこから、また、始めることができる。

「絶対だよ！」


そのとき、一羽の烏(からす)が罪人の谷に舞い降りた。波紋のように魔方陣が現れる。

このことを誰も知らない。まだ。

■28　再びの査問会議所

査問会議所に赴いた、ナオとイノセンシオの足取りは軽かった。

ナオもイノセンシオもまだ、さきほどの戦いの興奮が冷めやらない。イノセンシオは埃(ほこり)だらけの革鎧をつけている。これが終わったら、オルヴァル邸に帰って、お風呂に入って、おいしい夕ごはんを食べるんだ。

そんなことを、ナオは思い描いていた。

法廷の壇上に、白い貫頭衣に仮面をつけた七人の査問官が並んだ。

「『五人の課題』を解いたか」

「はい、ここに」

イノセンシオは、サイン済みの羊皮紙を渡す。

「正義の女神の裁定をうかがおう」

中央の査問官が女神の像を捧げ持つ。女神の天秤（てんびん）が動く。生命を示す水晶のほうが下に落ちた。生命が勝ったのだ。

「よろしい。転生者と認めよう」

「やったー！」

「よーしよし、よくやったな」

イノセンシオとナオは、抱き合って喜び合う。

「早くおうちに帰ろうよ。マーサたちにも知らせてあげなきゃ」

「そうだな。猫を飛ばすより、直接言いたいもんな」

「待て」

そそくさとその場を去ろうとしたのに、査問官はそう言って、止めた。

「我らは、もうひとつの罪を問う。イノセンシオ・オルヴァル。そなた、『竜王の血』を使いしか？」

ぴくりと、イノセンシオの顔が引き攣った。

「え、え?」

ナオには、なにが起こっているのか、わからない。ただ、イノセンシオは静かに査問官を見つめている。

かたんと壺のほうが落ちた。有罪のほうに。

「イノセンシオ・オルヴァルを罪人の塔にて、終生監禁することとする」

罪人の塔?

終生監禁?

それって、終身刑ってこと?

「ちょっと待って。イーノがなにをしたっていうの?」

「彼が八歳のときからの盟約だった。人でいたければ、人に対してその生来の才、『竜王の血』を使ってはならぬと」

さきほどの試合でのことか。

「あれは、ぼくが、攻撃されたから。それに、危害を加えてなんていない。踏みとどまったよ。ね、イーノもなんか言ってよ」

だが、現れた査問会の官吏に、イノセンシオは剣を取られ、拘束されている。

「待ってよ。やめて。イノセンシオ、イーノ、イーノ!」

どうして？　なんで、イノセンシオは笑ってるの？　あきらめたように、こちらを見ているの？

「元気でな」

そう言って、彼はその額をナオの額と合わせた。

そのときに、ナオには理解できた。

——ああ、わかっていたんだ。

こうなるかもしれないこと、わかっていて、それでも、イノセンシオはぼくを助けてくれたんだ。

——なんで、なんで？

ぼくのことが好きだから。愛しているから。可愛いから。

そんな答えしか、自分の中に浮かばない。ただ、それだけ。

ああ、神様。

大精霊様。

ぼく、愛が欲しいとか、とんでもないわがままを言っていました。最初から、愛されていたのに。

こんなにも、愛されていたのに。

ぼくが、わかっていなかっただけだったんです。ぼくが、とんでもない、ぼんくらだったんです。

ふいに、がさりとなにかを被せられた。

「え、え?」

「俺だよ。俺」

ミゲルの声がした。振り向くと、騎士団長のミゲルがいるのがわかった。その周囲にも数人の騎士がいる。

ナオは顔にさわってみる。魔道具である子豚の着ぐるみの頭をかぶせられている。

「悪いが、魅了よけさせてくれ」

「うん」

ずいぶん用意がいいなと思いながら、もっとよく見えるように、着ぐるみの頭の角度を調節する。

ミゲルは言った。

「イノセンシオに頼まれてたんだよ。もし万が一こうなったら、おまえを精霊宮に連れて行けって。だから、同行してた。目に入ってなかったかもしれないけど」

その通り。まったく、気づいていなかった。

だって、浮かれてたんだもの。課題を無事終えたことを査問会に認めてもらったら、オルヴァルの屋敷に帰って、イノセンシオに「好き」って言ってもらって……——そのあとは、あの屋敷で働いて、いつか魅了がなくなって、みんなともっと仲良くなって、イノセンシオとはもっともっと仲良くなって……――そんな未来を描いていたのに。

なんだよ、これ。なんだよ。

「査問会の人たちはどこにいるの。直談判してくる」

「よせ。正義の女神を敵にするつもりか。そら、行くぞ」

いやがっても、非力だ。ナオは表に引きずり出された。馬車に押し込められそうになって暴れる。

「やだ、やだやだ。行かない、行かないってば」

「頼むよ。あいつに、くれぐれも頼まれてたんだから。俺を嘘つきにしないでくれよ」

もう、夜だ。この世界の月が赤くこちらを照らしている。

「……？」

あれ？

赤く？

それって、おかしくない？　いつも、月は青いのに。

なんで、あたりの空気がこんなに気持ち悪いの？　変に湿っぽくない？

「あ……」

これ、腐臭だ。

それに……——

ナオは指をさす。

「ミゲルさん、あれ、なに?」

「ごまかされないからな。ほら、おとなしく乗れって」

「違うよ。あそこ」

指さす方向の地面には黒い魔方陣のようなものが見えた。あと、なんか、たくさんの人が
……——人? 人なの?

罪人の谷から、やってくる、ぼろぼろの白骨たち。中には、まだ、かろうじて、肉とか髪とかある奴もいて……——それが、くらくらするほどに不気味だった。

ああ、あれ。

アリステラだ。アリステラがやったんだ。

自分の身体が反応している。前になじんでいた魂(たましい)が近くにあるのを察知している。

「ミゲルさん。亡者を引き連れてるの、アリステラだよ!」

ミゲルの顔色が変わった。

「え、え、え?」

何度も、ナオの顔を見直す。

「なんてこった。肉体はここにあるが、魂が生きていたのか。なんで?」

ミゲルは考え込んでいたが、誰にともなくつぶやく。

「アリステラは、死霊使い（ネクロマンサー）の魔方陣を使ってたよな。もしかして、それが自分にも作用した。しかし、肉体は新しい魂によって生き返っているから、居場所がない。なんか、そこらへんのものに乗り移った可能性があるな」

ナオは怯（おび）えた。

「魔方陣……こっちに延びてるみたいなんだけど……」

「ああ、もう。やべえぞ。城壁魔防は邪法には効果ねえんだよ」

ミゲルが嘆く。

「力ずくで王都に入られたら、国の中枢が全滅だ」

ナオは、くるりときびすを返すと、査問会議所に飛び込んだ。

ミゲルが止めるのも聞かず、廊下を走り抜き、ここぞと思う扉をあけまくる。そして、十枚目で目当ての扉を引き当てた。

簡素な部屋だった。

仮面をつけ白い貫頭衣をまとった七人の査問官が、机を間に話しあっていた。査問官はナオに驚く。

「……豚？」

そうだった。今、自分は子豚の頭をつけているんだった。

「違います。転生者です。これは、魅了よけです」

この着ぐるみの頭、脱いだほうがいいのかな。でも、魅了の疑いをかけられても困るし。

そう思っていると、査問官に口々に言われた。

「出て行くがいい。転生者よ」

「裁定はくだされた」

「おまえは、もう、ここには用はないはずだ」

相変わらず、誰がどれを言っているのかはわからない。しかし、引き下がるわけにはいかないのだ。

「ここにもうすぐ、亡者を引き連れたアリステラが来るよ。ねえ、イノセンシオを解放して」

「ならぬ。あれは、力を持つ者」

だが、女神像がくるくると回り出した。

生命を示す水晶と罪を示す壺、両方を持ったまま、回り、回って……——ぱたりと倒れた。

それを、査問官たちは見つめている。

「なんだよ」

ひどいよ。そんなの、ないよ。

「査問官のみんなだって、ほんとは、信じてるんでしょ。イノセンシオのこと。ひどいことなんてしないって、思ってるんでしょ。女神様だって、きっとそうだ」

だから、こんなにも、迷っている。ナオは、腹が立ってきた。

「力が恐いの？　そうなの？　でも、本気で、イノセンシオがなにかしようと思ったら、とっくにそうしてるよ。今日は、ぼくに危害が及びそうになったから、腹を立てただけだよ。すぐにおさめたでしょ。イノセンシオは、優しいから」

ナオは続けた。

「そういうこと、あるでしょ？　恋人とか、奥さんとか、子どもとか、お母さんとか、おばあちゃんとか、弟とか妹とか、とにかく、だいじな人が傷つけられたら、怒るでしょ。腹が立つでしょ？」

もう、もう、もう。

「イノセンシオが誰よりも慎重で、優しくて、思慮深いのをわかっているくせに。本人が好きでその力を得たわけでもないのに、一生閉じ込めて、それで安心しようなんて。卑怯だよ。ずるすぎるよ」

自分は、なんて恐いもの知らずなことを言っているんだろう。あの、小学生を助けた雷のときもそうだった。考えるより先に身体が動いてしまう。

「そんなの、ないよ！」

「同意ですな」

気がつくと、背後にはミゲルと騎士たちがいた。

「王立騎士団の騎士団長、ミゲルです。イノセンシオが来ないんじゃ、うちの騎士を向かわせるわけにはいきません。どう考えたって犬死にです」

「我らは陛下より騎士団への命令権をいただいているのですぞ」

ミゲルは肩をすくめた。

「俺には妻と三人の子どもがいるんですよ。そいつらを守るために戦ってます。だが、これでは、守れない」

「団長の言うとおりですよ」

査問会にミゲルと同行してきた騎士たちが口々に言う。

「今まで、あんたたちが現場に来てくれたことがありましたか？」

「いつだって、竜公爵は駆けつけてくれた」

「俺たちは、命じるだけのあんたたちより竜公爵を信じてます」

ミゲルがうなずく。

「……というわけです。あるのに、使わない手はないでしょう。あいつなら、できるんです」

「しかし、昼の試合で……」

まだ、査問官がぐずぐずと言っているところに、「いや、待てい！」と声がかかる。ゴンザレス名誉騎士団長だった。シャツにマントを引っかけただけの簡素な姿だった。

肩で息をしている。

「ご老体！」

ミゲルが驚いている。

「だれがご老体じゃ！　早めに裁定が下れば、今一度挨拶して、ついでに次の試合の予定を組もうと追いかけてきたら、なんの騒ぎじゃ」

ゴンザレスの鼻息は荒い。

「あれは、向こうが悪いのではない。うちのが先に手を出したのだ。愛する聖乙女を害され、怒らぬ竜王がおるだろうか」

「……聖乙女？」

ナオは、着ぐるみの中で疑問形を口にした。だが、みなは気にしたふうもない。「そうだ、そうだ」

騎士たちが同意している。

もう、いいや。聖乙女で。それで、いいから。

「もし処罰するなら、聖乙女を傷つけようとした騎士も罪人の塔で終生暮らすべきじゃろう」

そう言うと、どこからか「ぐえっ！」という声がした。きっと、槍を投げた当人だろう。

「とにかく、早くイノセンシオを解放してよ！」

ナオは地団駄を踏む。

そのとき、伝令がかけ込んできた。

「査問官ならびに騎士団長殿。魔方陣の展開速度が速くなっています。このままでは夜明け前に王都中心部にまで辿り着きましょう」

査問官が命じた。

「王宮に猫を飛ばすのだ」

「それが。猫たちが恐がって出てきません。こちらへ飛ばすこともできません。連絡は不可能です」

査問官たちは、机の上に倒れた女神を見た。次には、駆けつけた者たちを。そしてまだ、豚の頭の着ぐるみをつけたままのナオを。

それから……——

■29　イノセンシオの独白

イノセンシオは、査問会議所の地下牢にいた。革鎧は脱がされ、シャツ姿だった。

冷たい剝き出しの石。湿っぽい空気。

ここから出るのは、終生を過ごす罪人の塔に移送されるときだ。

——まあ、こうなる可能性をまったく考えていなかったわけじゃねえけどな。

それでも、ナオを助けずにはいられなかったし、彼を害されると思った際には身をよじるほどに腹が立った。

ただ、かわいかった。

ただ、愛しくてたまらなかった。

こうなったというのに、後悔はない。だが、もう一度、会いたかった。ナオに。

たたたたと軽い足音が響いてきた。看守のものとは思えない。はずんだ足音だった。

「イーノ！」

ピンクの子豚がそう言うと、牢屋の前にやってきた。

「……豚？」

「あ、そうか。もういいんだった」

着ぐるみの頭を外すと、そこから、もっとも会いたい顔が出てきた。「待ってってね」と言うが早いか、取り出した鍵で解錠する。「早く、早く」と手招きしている。

なにが起こったのかわからずに呆然(ぼうぜん)としていると、中に入ってきて、抱きついてきた。

反射的に抱き返す。

なんだ、これは。幻か？

それとも、温情なのか？　塔送りになる前に会わせてやろうという算段か？

「みんなが、助けてくれたんだ。自由になれるんだよ。イーノ」

「自由……？」

不審な目つきを察したのだろう。ナオは言った。

「じつはね、アリステラが来てるんだ」

「『巨人の棲処』で、仕留めたんじゃなかったのか？　俺としたことが」

「ミゲルさんは、邪法がアリステラ自身に効いたんじゃないかって言ってた。それでね、それの討伐と引き換えに、イノセンシオを解放してもらった。みんなでがんばったんだ」

ナオが、外に出ようとイノセンシオの手を引っ張る。

「もしまた、イノセンシオのことを閉じ込めるとか言い出したら、ほかの国に行こう。どこかに二人で国を興すとかしよう！」

ナオはそう言い切った。

ぷーっとイノセンシオは吹き出す。

「なに、なんか、ぼく、おかしなこと言った？」

「いや。なるほど。そんな気になってきた」

イノセンシオは、まだ笑っている。

「いいなあ、ナオ。おまえは、いい。いつも温かくて、楽しくて。思いがけないことを言ったり、したりする。おまえがいると、退屈しない。生きてる感じがするよ」

今度はイノセンシオのほうから、ナオを抱きしめてきた。

——あ……。

ナオは、彼のぬくみと愛を感じていた。手をイノセンシオの背中に這わせる。温かいものがそこにある。自分だけがふれるのを許された、イノセンシオの大切な部分。

イノセンシオ、ぼくのこと、好きなんだ。

弟みたいじゃなくて。

伴侶みたいに、好きなんだ。

そう感じた。

彼が身体を離す。

「よし、行くか」

「ミゲルさんたちが先に行ってるんだ。ぼくも行くよ」

イノセンシオは驚いたようにこちらを見る。

「アリステラの居場所がわかるのは、たぶんぼくだけだよ」

彼は、難しい顔をしていたが、「イーノが守ってくれるんでしょ」と言ったら、渋々うなずいてくれた。

■30　決戦

イノセンシオは革鎧をもう一度つけ、剣を帯びた。査問会に懇願する。

「騎士団のいる前戦まで行く。馬を一頭、貸してくれ」

馬にはイノセンシオが前に、ナオが後ろに乗った。

二人は、夜の平原を駆ける。

イノセンシオは思い出していた。

ナオが、この世界にやってきたのは、ほんの、一月(ひとつき)足らず前のこと。

それなのに、こんなにもおまえは、俺の心に入り込んでいる。ほかのだれよりも、ずっと深く、近く。

背中に、ナオのぬくみを感じる。

おまえが生きていて、その心臓が動いていて、そばにいる。それだけで、俺は昂揚感に包まれる。なんでも、できる気になる。

ナオが、ぎゅうと強く抱きついてきた。

腹に回っている彼の手の甲を軽く叩いてやる。馬を、なだめるときのように。

すると彼は、よりいっそう、しがみついてきた。ささやく声がした。

「ねえ、イーノ。ずっと、このままだったらいいのにね」

そう。自分も、そう思っていた。このまま、ずっと、駆けていたいと。

瘴気が漂い、月が、赤くなっている。こんなにも禍々しいのに、二人なら、どこよりも楽しい。

途中から、馬が嫌がってどうしても進まなくなり、二人は歩いて前線基地になっている天幕に辿り着いた。天幕の中には、ミゲルたち騎士団がいた。

「ミゲル。加勢に参上した」

騎士たちから、声が上がった。

「竜公爵！」

「来てくれた！」

「竜公爵と聖乙女！」

聖乙女と呼ばれたナオはイノセンシオの背後で複雑そうな顔をしたが、否定はしなかった。

「来てくれたか」

いつもひょうひょうとしているミゲルであるのに、今日このときばかりは、憔悴が見えている。

「ミゲル。どうなってる？　状況を説明してくれ」

「悪い」

「どう悪い？」

「魔方陣の展開速度が早まっている。魔方陣に入った途端に四方八方から亡者が襲ってくる。どうにもならん。操っているアリステラがどこにいるのか見当がつかなくて、手こずってる」

イノセンシオはうなずいた。

「なるほど。ここからは、俺の出番だな。なんか、丈夫な紐はあるか。ロープでもいい。肌当たりの柔らかいやつだ」

「どうする気だ？」

ミゲルの問いに、イノセンシオはにやっと笑った。

「アリステラの場所がわかるのは、ナオだけだ。こいつをおぶっていく」

「えええええっ」

声をあげたのは、ナオだった。

「ぼく、重いよ？」

「俺を誰だと思っている。おまえ一人なんて、羽根より軽いさ。それに万が一、離れたら、そのほうが危ない」

「そうだけど……馬に乗るとか……」

「馬は近づきもしなかっただろう。むりだ。この先は俺が馬だと思えよ」

「思えないよ！」

それでも、ナオはイノセンシオにおぶさり、紐で結びつけられた。

「うー。赤ちゃんじゃないのにー」

背中で文句を言っているのに、イノセンシオはにやにやしてしまう。

「もう、笑ってるでしょ。イーノ」

「ああ、おまえといると、俺は楽しいばかりだ」

そう言いながら、歩きだす。魔方陣に足を踏み入れるが、表面を撫でられるほどにしか感じない。

——呪いも祝福も、そなたを通り過ぎるであろう。

生まれたときに、言われた言葉。

「上等だ」

「ぼくね、イノセンシオは、ずっと機嫌がいい人だと思ってたよ」

背中の至福が、そう言った。

「バカを言え。俺は、おまえと会うまでは、それはそれは陰鬱(いんうつ)な顔をしていたぞ」

「うそー!」

その声にさえ、笑い声を立ててしまう。

亡者たちを蹴散らしつつ、たずねる。

「ナオ。あいつは、どっちだ」

「右前方、斜め上だよ」

いやな気配を、イノセンシオは感じた。

「しがみついていろ。そして、祈ってくれ」

「あ、なんか、向こうからこっちに……——すぐ、近くにいる」

気がつけば、二人の真ん前に、鳥が浮かんでいた。

「これが、そうだよ。うわー。すごい、気持ち悪い」

ナオがそう言うのも無理はない。

その鳥は、アリステラを模すように頭にまばらに金髪が生えていた。そして、少しだけ鳥から人間に顔が近づいていた。

「不気味……」

ナオの言うとおりだ。

恐ろしいほどに不似合いで、気持ち悪くて、どうしようもないくらいに、不吉な鳥だった。生命として歪(ゆが)んでいる。

「おぞましいな」

そう、イノセンシオは言った。

人に過ぎた力を持ち、自分以外のものになろうとしたなれの果てだ。歪(いびつ)で不自然ないきもの。それは凄(すさ)まじく、醜かった。

――今度こそ、切る。

だが、イノセンシオが足を踏み出すその前に、鳥は地面に落ちた。魂は抜けている。

「アリステラは、どこに行った？」

そう言ったイノセンシオの肌は総毛だった。背中だ。腐った肉を背中にべっとりつけられたような不快感。

今まであんなに愛しかったものがおぞましくて、紐を引きちぎってふり払った。それは地に落ちた。うずくまったそれは、ゆっくりと顔を上げる。

妖艶(ようえん)な顔だった。唇が血を飲んだように赤かった。

「おまえは、だれだ？」

彼は立ち上がった。イノセンシオは、相手と対峙(たいじ)する。

「わかっていりゅくせに。ひろいな。なげしゅてるなんて」

彼は、アリステラだった。正確には、アリステラの朽ちた魂の残骸だった。

「ナオはどこだ。どこに行った？　まだ、おまえの中なのか？」

――ここ、ここだよ。

「は？」

小さな声がする。周囲を見回すが、自分たちのほかには、生あるものはいない。

――ぼくは、ここ。暗くてよく見えないけど。イーノがそばにいるのはわかるよ。

「騎士守りか！　おまえ、なんでそんなところに」

——もしかして、ぼくが、おまじないで、髪の毛を入れていたから、かな……。

騎士守りに髪を入れるのは、恋のまじないだ。身体から追い出された魂は、必死で残滓のようなそれにしがみついているのだろう。ナオのいじらしいほどの恋心が、今、彼を助けてくれている。イノセンシオは笑う。

「いいぞ。ナオ。やっぱり、おまえは、いい」

だが、騎士守りに入っている毛髪程度では、長くはもたないだろう。


目の前の少年が微笑んでいる。

ナオとは違って、己が美しいことを存分に知り、どうしたらよりいっそうこちらの目を引くことができるかを熟知している。そんな、笑み。

「こりぇは、ワタシの」

「それはもう、おまえのものじゃない」

——嫌いだ。

イノセンシオは改めてそう思った。

アリステラ。おまえが、嫌いだ。

ナオの肉体をのっとった、おまえを憎んでいる。

ナオに似たその顔でこちらを見ている、おまえに怒りを感じる。

その肉体に傷一つつけるわけにはいかない。イノセンシオは剣を捨てる。

――今度こそ、おまえを討つ。

じりじりと間合いを詰めるイノセンシオが本気であることをさとったのだろう。アリステラは怯えたように言った。

「イーノ。ひろいこと、しないれ」

それは、さもしい猿真似(さるまね)だった。口調を似せているものの、滑稽なほどに別ものだった。

「やめろ。それは、ナオへの愚弄(ぐろう)だ」

怒りで背中が燃えるようだ。イノセンシオは、拳(こぶし)を固く握る。そこに「竜王の血」と「大精霊」双方の力が入り込んでゆくのを感じた。

「おまえにふさわしき場所へ、帰れ！」

イノセンシオは、彼の腹を殴った。手応えがあった。彼の魂がちぎれていく。

「なんれ……？」

掠(かす)れた声がした。

「おまえは、もう、人じゃない。他人を害して平然としている者は、魔物なんだよ」

かくりとアリステラの身体はくずおれた。

鳥がぴくりと動く。

「その姿が、おまえにはぴったりだな」

太陽が姿を覗かせつつある。烏はもがく。瘴気をまき散らしながら、どこかに飛んでいこうとしていた。

——屠るのは好きではない。

それこそが、おそらく、自分が人間であるなによりの証拠なのだろう。

だが、おまえは人間ではない。

おまえに、魅了があったのが、災いの種なのだろう。

あれほど、美しくなければ。

あれほど、魔法に長けていなければ。

あれほど、賢くなければ。

挫折し、人と手を取り合うことを覚えたかもしれないのに。

残念だ。

イノセンシオは、烏を剣で貫き通した。

金の髪を持ったその烏は、一声鳴いて、絶命した。

「さらばだ、アリステラ」

烏は、たちまち灰と帰す。周囲の亡者たちもまた、もとの骨に戻っていった。

イノセンシオは、ナオの身体を天幕に運び込んだ。寝台に彼を横たえる。

「どうしたんだ？　いったい、なにが」

ミゲルが聞いてくる。

「アリステラが中に入って、ナオを俺の騎士守りに追い出した」

「アリステラがいるのか？」

天幕の中の騎士たちが、どっと出口に殺到する。

「今はいない。からっぽだ。どうしよう。どうしたら、いい」

イノセンシオは、騎士守りを引き裂くと、中の一房の髪をナオの手に握らせた。それは、消え去り、かわりのようにナオの目が開いた。

「あれ……？　イーノ……？」

イノセンシオは安堵して彼を覗き込む。

「ナオ、平気か。腹を殴って悪かった。痛くないか？」

「うん、大丈夫だよ」

そう言ってナオは身体を起こそうとしたのだが、また横たわってしまう。

「ナオ。どうした？」

「どうも、しない。ただ、眠いだけ……」

「眠い……？」

「すごく、眠い……」

戻ってきて、かたわらにいたミゲルがつぶやく。

「転生者は、魂と肉体の結びつきが弱いっていうよな」

そうだ。それなのに、今日は二度も肉体を替えさせてしまった。負担になっただろう。

イノセンシオは、ナオの手を握りしめる。ナオは、必死に口を動かしていた。

「あのね、ぼく、イノセンシオのことが好きなんだよ……」

「俺もだ。おまえが、この世界に来て、すぐにわかった。俺にはおまえだけだと」

ふふっとナオが笑った。

「ほんと?」

「ほんとうだ。もう、査問会の審査は終わった。愛の言葉なら、降るほどに、いくらでも言ってやる。だから、ここにいてくれ」

「うん……」

そう返答しながらも、ナオのまぶたが下がっていく。

「いる、よ……」

「せっかく、会えたのに!　俺は、おまえに会うために、生きてきたのに……!　行かないでくれ、ナオ!」

ナオの手の力が抜けていくのを、イノセンシオは感じた。彼の眠りを止めることが、イノセンシオにはできない。ナオの長いまつげに縁取られた目が閉じられようとしていた。

「ナオ！　ナオ！　俺を置いていくな。俺を、また一人にするな！」

イノセンシオは叫ぶ。

「ナオ！」

返答はなかった。

あとには、イノセンシオのナオを呼ぶ声が響くばかりであった……――

■31　三年後

それから、三年の年月がすぎた。

エール王国宰相は、いつも陰鬱な顔をしていた。

黒髪に黒い目。整った顔立ちで、賢明で公正。

簡易な乗馬服に寒ければマント。ふらりとどこにでも現れる。

まだ王位が父にあったとき、病弱な弟が何度も彼に王位についてくれと希ったにもかかわらず、彼はがんとして首を縦に振らなかった。

その弟が王となった暁には、辺境地の領主と宰相を兼任した。ほかの重臣たちは、王都に住まいを持っていたが、もっとも発言権のある彼だけは、転移陣を使用して通ってくることを望んだ。

彼の顔が晴れるのは、精霊王の宮に赴くときだけだ。

グリフのモカとユキもいっしょに横について行く。

神殿に、彼は詣でる。

祭壇を上がったところには寝台があり、そこに白い衣を着た、美しい少年が横たわっている。金の髪に赤い唇。その瞳が青いことを宰相は知っていたが、この三年、見たことはない。

宰相——イノセンシオは、少年に話しかける。

「いい夢見てるのか？　よだれがたれているぞ」

くくっと笑うと、その唇をぬぐった。

「今日もかわいいな。……俺は、ずっとおまえに一方的に話しかけているだけだ。それは、つまらない。おまえは、いつも、俺が思いがけないことを言うし、する。笑わせてくれる」

イノセンシオは訴える。

「おまえに会いたい。会いたくて、たまらないよ。ナオ」

中空を見つめる。

「そこにいるのか？　大精霊。そろそろ、こいつを帰してくれてもいいだろう」

イノセンシオの願いは、いつだって届かない。

「また、来るからな」

そう言って、イノセンシオは眠っているナオの頬にキスをした。

精霊宮の門まで、ヴィエナが送ってくれた。ここからイノセンシオは馬で山を下っていくことになる。

「俺は、いつまで待つことになるんだ？」

つい、愚痴も出ようというものだ。ヴィエナは肩をすくめた。

「大精霊の御心次第だよ。三年なんて、大精霊にとっては、ほんの数日ぐらいの感覚じゃないかな」

イノセンシオは盛大にため息をついたが、次にはまじめな顔になった。

「もし、あいつの目が覚める前に、俺がいなくなったら……——そのときは、よろしく頼む」

「わかった。私のあとの代にも、申し伝えておくよ」

そのころ。

ナオは、中空を漂っていた。

肉体という、無粋なものがないせいで、どこまでも行けた。雲間にも、山頂にも、火山の火口にも、氷河の中にも、海の底にも、どこまでもだ。かたわらには、大精霊と言われる存在があった。

「楽しいかい？」

「うん、とっても」

とっても、楽しい。でも、なんか、足りないんだ。

「なんだろ……」

「なあ。ずっとここで、こうして、わしと一緒に過ごしてくれないか」

そう言われて、それでもいいかなと思ったりするのに、どうしてだろう。

彼方（かなた）から、声が聞こえる。

——おまえに会いたい。会いたくて、たまらないよ。

「でも、この声が気になるんだよ。おじいちゃん」

「わしとこうしているのは、つまらないか」

「とっても、楽しいよ」

——ナオ。

「ナオって、言ってる。ぼくの名前だよね」

それが、自分の名前。

黒髪のあの人。とっても、寂しそうなのは、どうしてなんだろう。そんなに悲しいことがあったんだろうか。

彼の前には、一人の少年が横たわっている。とっても、きれい。

「帰りたいのかい？」

彼の唇が、自分の頬につけられる。それは、半ば精霊化しようとしていた、ナオの肉体の官能を揺さぶった。

かつて、その少年が自分であったことを思い出す。

「帰りたい」

もう一度、あの肉体が欲しい。もう一度、生きたい。

「そっかあ」

おじいちゃん、ごめんね。

「しかたあるまい。可愛い孫の言うことだ。なんでも、聞いてやろう。だが、何かあったときには、すぐに呼ぶのだよ」

「うん、行ってくる」

すぐに帰るね。待たせて、ごめんね。ずっとずっと、会いたかった人。


ナオのまぶたが動き、目をあける。

銀の髪の女性が覗き込んでいる。

「ヴィエナ、さん？」

彼女はらしくなく叫んだ。

「イノセンシオを！　彼を呼んで。まだ、そこにいるはずだから。ああ、猫を。ううん、私が行く！」

山を下りかけていたイノセンシオだったが、肩にひらひらと落ちてきたものに気がついた。

「なんだ、これ」

つまんでみると、それは、金葉樹の花びらだった。

「なんだ？」

空を見ると、降ってくる。いくつも、いくつも。おかしいな。金葉樹は、ナオが眠りについたときに、再び枯れたはずなのに。

——あいつの髪の色にそっくりだ。

そこまで思って、はっとした。

「モカ、ユキ、戻るぞ」

馬の方向を変えると、一息に、つづら折りの坂を精霊宮へと駆け上る。馬を走らせてきたヴィエナとイノセンシオは、もうちょっとでぶつかりそうになった。

「イノセンシオ！　ナオが、ナオが！」

なんか、夢を見ていた気がするのに。イノセンシオが、泣きながら、強く、強く、抱きしめてきたので、きっと、今までのあれは、夢ではなかったのだと気がついた。

「よかった。よかった。ナオ。もう、会えないかと、目覚めないのではないかと、俺は」

イノセンシオ？　これって、イノセンシオだよね。

あ、ここ、精霊宮。

「ナオ……！」

「あ……」

うん、イノセンシオだ。

ここが好きでしょ。

この、背中のところを、撫でてあげるね。

――戻ってきたんだ。ここに。

そう思ったら、赤ちゃんみたいに泣きたくなった。

ユキとモカがひらりひらりと周囲を舞っている。


そして、ナオは知らされたのだ。

なんと、三年も経っていた。三年寝太郎ってなんかにあったたな。

白い精霊宮の衣をまとっているナオの目を、ヴィエナが覗き込んできた。

「うん、この身体は完全にきみのものになったね。もう、魅了もないと思う。安心しなさい」

ヴィエナが鏡を持ってきてくれた。それを見つつ、ナオはつぶやく。

「なんかいっそう、地味になった気がする」

なんとなく、元の自分に似ている気がする。それに、ちょっとだけ、大きくなった。めちゃくちゃ美男子なのは、疑いようがないのだが、ナオ仕様にカスタマイズされた印象だ。

「今のおまえのほうが、百倍、かわいいぞ」

「う、うひ？」

「ああ、もっとよく、顔を見せてくれ。かわいい、おまえの顔を」

びっくりするよ。イノセンシオって、こんなことぽんぽん言う人だったっけ。

「イーノ？」

あと、ちょっと、こぎれいというか、おとなっぽくというか、洗練されたというか……

——かっこよく、なってる？

三年経ってるんだもんね。そりゃあ、イノセンシオも、いっそうおとなびるはずだ。

なんだか、恥ずかしくなるのはどうしてなんだろ。

「疲れているだろう。今日は泊まっていくといい。猫を飛ばしておくから」

ヴィエナさんがそう言ってくれたので、食事も早々に引き上げて、寝室で横たわる。寝室は、なんと布団だ。懐かしい。

三年かあ。

こっちに来て『五人の課題』に挑んだのが一ヶ月弱。そこから寝てたのが、だいたい三年。えーっとと計算してみるのだが、覚醒、三パーセント以下。一ヶ月弱の間にも、寝ていたんだから、実際はもっと少ない。

――でも、起きたときに、違和感はゼロだったな。

このエール王国を吹く風になって、とどまっていた気がする。

「ん？」

人の気配に起きあがると、イノセンシオが立っていた。浴衣（ゆかた）みたいな夜着をまとっている。肩には布団を担いでいた。

「隣で寝させてくれ」

「あああっ？」

――夜這（よば）い？

いや、いいんだけど、いやじゃないんだけど。でも、でも。イノセンシオ。

「あのね、今日はまだ、疲れているから、もうちょっと経ってからじゃ」

「そういうんじゃなく。おまえがまた、遠くに行ってしまったら、どうしようとも思ってしまうんだ。こんな、意気地（いくじ）のないことを言う俺のことを、笑ってくれてもいい。俺は、おまえを失うことが恐い。おまえを感じられる場所にいたい」

入ってきた。

そこまで言われては、承知しないわけにはいかない。うなずくと、イノセンシオは部屋に
「いいよ、ほら」

しょうがない。

「ううう」


夜は静かで、葉がささやく音だけが聞こえてくる。並んだ布団に横たわっているイノセンシオが言った。

「そろきゃんしたときを、思い出すな。あそこでも葉ずれの音がよく聞こえた」

「そうだね」

ナオは、イノセンシオのほうを向いた。

「ね、イーノ。ほんとは、そろきゃんって、一人なんだよ」

そう言ったら、イノセンシオがふっと笑った。ほんと、よく笑うなあ。今笑えるところ、あった？

「じゃあ、合っているな。俺たちは、二人で一人だろう」

そう言ってナオの目を覗き込んでくる。

イノセンシオって、こんなにかっこよかったっけ。目は黒曜石みたいで、整った顔で、お

となびたたたずまいだったっけ。

「そ、そうだね」

そう言うと、布団に潜り込む。直視できない。もしかして、イノセンシオも魅了を身につけたんじゃないの。胸がドキドキするよ。

そろーりと顔を出してみた。イノセンシオはこちらをしっかり見ている。「眠れないのか?」と聞いてきた。

「ずっと寝てたからかな。疲れてるけど、あんまり眠くない」

最初にこの世界に来た日には、イノセンシオに抱き込まれて眠ったんだよね。なんて大胆だったんだろう。

今は、この人が近くにいると、ざわついて落ち着かない。それなのに、頼もしくて、イノセンシオの言うとおり、森の中で二人してそろきゃんしている気分になるよ。ここは、安全。二人でいれば、なにも恐くないよ……――

■32　王都

翌朝には、ナオの気力体力はかなり回復していた。

これも、おじいちゃんこと大聖霊の賜物なのかな。花が咲いている金葉樹のところに行って、手を合わせる。

「ありがとう。今日は王都だって。行ってくるね、おじいちゃん」

ヴィエナに言わせると、大精霊は目に見えないだけで、どこにでもいるらしい。だけど、ナオは、あえてこの金葉樹に挨拶することにした。神社のご神木に対するのと同じ気持ちだ。象徴的ななにかがあったほうが、気持ちが入りやすい。

イノセンシオが、苦い顔をして、かたわらに立つ。

「ほんとは、すぐにでもオルヴァルの家に帰りたいのだがな。おまえを王都に一度立ち寄らせないと、弟がうるさい」

「弟って、エリュシオ殿下だよね？　お元気かな？」

「父がおととし退位したので、今は国王だ。エリュシオ陛下だな。そして、俺は一応、宰相ということになっている」

「宰相……閣下？」

ふっとイノセンシオは笑って、かがむとナオの額に自分の額を合わせた。

「よせよ。イーノでいい」

――近い！

心臓が、めちゃくちゃ速く打っている。顔が赤くなるのを感じる。

こうだった？　イノセンシオってこうだっけ？　なんか。照れる。恥ずかしくて、目を合わせられない。

「二人とも一！　なにしてるの。着替えて、着替えて！」

ヴィエナに呼ばれて、神殿に追い立てられた。そこで「きみはこれね」と渡されたのは、金糸銀糸の縫い取りのあるギリシャ神話の女神ですかという衣装だった。目が丸くなる。

「これ、ですか？」

もうちょっと、こう、普通のはないのでしょうか。

「やだった？　じゃあ、こっちにする？　私のお気に入り」と言って出してきたのは、ヴィエナが最初に会ったときに着ていた服だ。羽根つき絢爛豪華衣装。

「いえ。用意していただいたこちらを、ありがたく着させていただきます」

ヴィエナは、嬉しそうに言った。

「聖乙女の凱旋だからね。おめかししなくちゃね」

「聖乙女……――」

えー、ぜんぜん、乙女じゃないんだけど。

でも、見に来たイノセンシオが、いつもみたいに笑って「いいなあ。似合うな」と言ってくれたから、いいことにする。

イノセンシオもいつもよりも、かっちりした服を着ていた。これは、式典礼装だそうだ。それは彼に、しっくりと馴染んでいた。

「それでね。ほら、これを持っていって」

「あ、うん？」

ヴィエナに押し付けられた器には、金葉樹の花びらがいっぱいに入っていた。

「あのね。王都で、ここぞというときに、まいてあげて」

「えええええっ。そんな」

ゴミを勝手にまくようなもんじゃない？　ゴミはゴミの日にキチンと出さないといけないのでは。もしくは、穴を掘って、そこに捨てたほうがいいんじゃないの。

「いいから、持っていって」

衣装の裾が長いので、足を開いて馬に乗るのが難しい。しょうがないので、イノセンシオの前に横向きに乗ることになった。

山の麓(ふもと)からは、馬車に乗り換える。これがまた、座席の覆いは幌で、晴天の今日は畳んである。つまり、オープンカーだ。

王都までの道行きでは、猫たちが、馬車の中をくるくる飛んでいた。

「いいこ、いいこ。ユキ、大きくなったんだね」

あおーんとユキが鳴いた。

「嘘。グリフって鳴くものだったの？」

「滅多に鳴かないがな。おまえのことが、よっぽど恋しかったんだろう」

愛しくなって、ユキを撫でてやった。

「いい毛並み。イーノが面倒見てくれたんだね。ありがとう」

イノセンシオは、微笑んだ。

「そういえばさ、最初にこっちに来たときにも、こうして、イーノと二人して、馬車に乗ったよね。こんな豪華な馬車じゃなくて、囚人護送用のごついやつだったけど」

「そうだったな。あのとき、おまえはまだこちらに馴染んでいなくて、不安そうだった」

「うん。でも、イーノがいたから、心強かったよ」

そんな昔話をしているうちに、王都が近くなってきた。なんだか、街道にやたら、人がいる。手を振ってくるし、なんなら屋台まである。

ナオは、なにがなんだかわからない。イノセンシオに聞いてみた。

「ねえ、イーノ。今日はなんの日なの。なんかのお祭り?」

イノセンシオが笑い出す。

「なんで、笑うの?」

「よく聞いてみろ」

聞いて……? そういえば、なにか言っている。なんだろ。耳を澄ませて聞いてみた。

「竜王様、聖乙女!」

「聖乙女が目覚められた!」

「ばんざーい！」

竜王は、イノセンシオだよね。そして、聖乙女は……――ぼく？　ぼくのために？

馬車は門から中に入る。王都内では、よりいっそう、人が多くなった。先導の騎士がついてくれて人を掻き分け、その波の間を馬車は進んでいく。なんか、「凱旋パレード」という単語がナオの脳裏をかすめる。

「花をまいてやれよ。今がそのときだろう」

イノセンシオに言われて、後部席に立った。

歓声がひときわ、大きくなる。

ナオは必死になって、花びらをまきまくる。イノセンシオも手伝ってくれた。きらきらと輝きながら、花びらは空に舞い、人々は我先にと、黄金の花びらをとりあっていた。

王宮にたどり着くと、エリュシオ国王陛下が出迎えてくれた。隣には巻き毛の愛らしい王妃様がいらっしゃって、仲がよさそうなのにほんわかする。今回は会えなかったけれど、お二人には双子の姫と王子がいらっしゃるそうだ。

「ようこそ、王都にお戻り下さいました。お帰りをお待ちしておりました。聖乙女」

聖、乙女。もう、いいや。聖乙女でも。

「ぼく、この国にいても、いいんですね」

エリュシオ陛下に確認する。

「なにをおっしゃいます。もちろんです。身を挺して国を守ってくれた相手に感謝できぬ者は、恩知らずのそしりを受けましょう。聖乙女殿」

エリュシオ王にかしずかれ、手の甲に口づけられる。

イノセンシオがほんのちょっとだけ顔を曇らせたが、国王にくすっと笑われて顔を赤らめた。

「兄はあなたを独占したくてたまらないようですが、隣室に懐かしい方々をお招きしております」

懐かしい方々？　……って、誰だろう。そう思いつつ、移動する。

部屋に入ると、ミゲルさんはじめ騎士団の面々、魔導師長、スタウト家の兄とプリシラさんとその息子たち、ゴンザレスさんはじめとする白獅子団の強面……――なんと、査問会の人たちまでいる。もっとも、査問会の人たちがあの当時と同じメンツかどうかは、仮面をつけているので、わからない。

「わーん。みんな。元気だった？」

同窓会？　気分は、同窓会かな？

全員が口々に近況を伝えてくる。今は魅了がないからみんなの目を見られることがとっても嬉しい。

「なあ、ナオ」

イノセンシオがナオに語った。

「三年前に俺たちは、サインをもらおうと走り回ったよな。あのとき、二人でやったことが、今に生きてるんだ。宰相になったあと、みんなが、俺に力を貸してくれた。つまり、おまえは、ずっと、俺を助けてくれていたんだ」

「そっか……。うん、そうだったんだ……」

ナオは、思い出していた。自分が眠っていたときに見た、イノセンシオの陰鬱な面(おも)もちを。目の前にいる彼の穏やかさとはまるで違う表情を。

あんな顔なんて、もうさせない。

「あのね。イノセンシオ。これからは、ずっとぼくがイーノを笑わせてあげるからね」

そう言ったら、イノセンシオは、またおもしろそうに笑ったのだった。

■33　帰宅

王宮での『同窓会』が楽しくて、昔なじみのみなと話し込んでいて、遅くなってしまった。

転移陣に乗って久しぶりのめまい。それから抜けると、そこは懐かしいオルヴァル邸だ。

季節は春らしかったが、もう夜なので肌寒い。イノセンシオが自分のコートを肩にかけてくれた。

イノセンシオが声をかける。

「ただいま、帰った。俺の聖乙女とともに」

もう、イノセンシオまで。

マーサをはじめとする使用人一同が、玄関先で出迎えてくれた。

「たーだーいーまー！」

「お帰りなさいませ。ご主人様。ナオ様」

その一番先頭に四本足の杖ですっくと立っているのは……――

「わー、マーサ！」

彼女は、皺は多少増えたが、元気そうだった。

「お久しゅうございます、ナオ様」

「その杖、使ってくれてるんだね」

「なかなか、使い心地がよいので」

屋敷に入ると、マーサが涙ぐんでいるのに気がついた。

「どうしたの？　どこか痛いの？」

「これは、うれし涙でございますよ。お二人が並んでおられるのを、もう一度見るまではと、生きて参りました」

「そんな、おおげさな。これからも、長生きしてよ。マーサ」

「申し訳ありません。年寄りは涙もろいものでございます。しかし、三年前、みなで裾や袖口に刺繍したあの服は、小さくなってしまいましたね」

「そうだね。眠っている間にちょっと大きくなったから」

たぶん、アリステラのアンチエイジングの効果がなくなったんだ。よかった。

だって、ぼく、エルフじゃないから。人間だから。みんなと同じように、足並みを揃えて、ともに年取っていきたいもの。


寝室の鏡で自分の姿を確認する。

うん。ぼくの顔だ。

きれいだけど、でも、なんだか、「ぼく」だ。

なんだろ。すごく、嬉しい。

人は、自分であるときが、一等嬉しいんだな。


翌日から、オルヴァル邸での生活がまた始まった。

スコーンに、ナオの好きなプラムベリーのジャムが添えられている。これでおなかを壊したときを思い出して、笑ってしまう。

「……て、ことでいいか？」

「え、ごめん。なに？」

イノセンシオが、根気強く繰り返す。

「ナオは、大精霊の愛し子なので、ヴィエナが訓練したほうがいいって言うんだ。そうしたら、もっとよく大精霊の言葉がわかるようになるから」

「そっか……。じゃあ、やってみようかな」

「だったら、これは決まりだな。なら、ここと精霊宮を転移陣で繋ごう」

「ん、でも、転移陣ってすごい魔法の力が必要なんだよね」

そんなことを、聞いた気がする。

「そうだ。だから、転移陣にはこれを使おうと思う」

そう言って出してきたのは、以前の魔鹿退治で得た青い魔導石だった。

「だけど、それ、お高いんじゃないの？　いいの？」

ふっと笑う。

「おまえのためなら、惜しくない」

くっ。目が覚めてからのイノセンシオは、こういうことを真っ正面から言ってくるから、困る。

魅了を発揮しているわけでもないのに、まともに見られないくらいにまぶしい。

なんかこう、どうしていいのかわからず、いたたまれない。

そうだよね。邸の中を歩きながら、ナオは考えている。

うんうん。自分にしかできないことって、おじいちゃんと仲良しってだけだもんね。その橋渡しができたら、おじいちゃんも寂しくないし。ぼくももっとおじいちゃんの声をちゃんと聞きたいし。

そう思っただけで、「ほんとかの」と大精霊が喜んでいる気がするよ。

目の前を侍女が通り過ぎた。

「あ」

荷物の移動だろうか。大きな箱を持って、階段を上がりかけている。

「重そうだね。持つよ」

「そんな。ナオ様」

「いいよ。これでも、前よりは強くなったんだから」

持つと、ずっしりと腕に来る。

「これ、中はなに？　けっこう重いね」

「だんな様の書籍です」

なるほど。何でも屋で引っ越しの手伝いをしたときに、本がいかに重いかは思い知っている。腰に気をつけて、階段を上る。

「だんな様は読書家で、本をよく読まれるのです。伝記から兵法から政治学から薬方まで。あいているお部屋が次々と図書室になっております」

「へえ、ぼくも読んでみようかな」

彼女は強くうなずいた。

「ぜひ。この屋敷の者は、誰でも自由に閲覧できます。私もよく読ませていただいております」

「そっか。私設図書館だね」

彼女の顔をじっと見つめる。彼女は、顔を赤くした。

「あの……ナオ様？」

「前からいた人だよね」

「はい」

「いつもお世話になってます。前には魅了があったから、面と向かって言えなかったんだけど。いつかは、刺繍してくれてありがとうね。すごく嬉しかったよ」

そう言ってにっこり笑いかけると、彼女は顔を覆う。

ん？　もう、魅了は効果ない……――んだよね？

「ナオ！」

上から声をかけられた。

「イーノ！　帰ってたんだ」

「ああ」

階段を降りてきたイノセンシオが、なにげに、自分の腕から荷物をさらっていく。彼は侍女に言う。

「あとは、俺がやっておくよ。ご苦労さん」

「はい。ありがとうございます」

ナオはイノセンシオと並んで階段を上がり、二階の廊下を歩く。

「あの、な。ナオ」

「うん？」

「おまえ、あんまり、愛想をふりまくなよ。相手が誤解するだろ」

――愛想？　誤解？

「そんなつもりじゃなかったんだけど。それに、もう、魅了はないんでしょ？　だったら……――」

はあ、とイノセンシオはため息をついた。

「だから、まずいんだろ。ほんとに、おまえは、人たらしだな」

――んん？

「だめだった？　たいへんそうだったから手伝ったんだけど」

「いいよ。いいことだ。そういうところを気に入っているから……――困るんだよなあ」

そう言って嘆息したのち、イノセンシオは輝く笑顔を向けてくれた。

「惚(ほ)れた弱みだ。つまらん嫉妬(しっと)だよ。許せ」

くっ。なんだ、これ。

すごい。心臓が。ばくばくいっている。

三年前は、こんなんじゃ、なかったのに。

「よし、この部屋だ。扉をあけてくれ」

「うん」

イノセンシオといると、落ち着かない。イノセンシオが部屋に入ってまだ荷物を手にしているタイミングで「じゃあ、行くね」と声をかける。

――なんだろ、これ。

扉の外で息を吐く。ついつい、イノセンシオから逃げてしまう。だが、あとを追ってきたイノセンシオに、手をつかまれた。

「待ってくれ」

ななな、なにー?

「ちょっと、付き合って欲しいところがあるんだ」

イノセンシオの顔は、このうえなく真剣だった。

■34　屋根の上の二人

ナオが連れて行かれたのは、屋根の上だった。

棟に二人して並んで腰かける。イノセンシオが言う。

「『そろきゃん』しているみたいだな」

「そうだね」

ぼくたち二人で一人の、そろきゃん。

イノセンシオは、真剣な顔で言った。

「おまえには、もう、俺だけじゃないのは、わかっている」

――え。なんの話？

「三年経って、おまえの立場も変わっている」

――それはむしろ、イノセンシオのほうじゃないの？　宰相って偉いんでしょう？

ナオはそう思ったが、会話がどこに進んでいくのかわからずに、ただ聞いていた。

「だから、俺以外に目が向くのもしかたないのはわかっている。だが、俺に、チャンスをくれないか」

――なんのチャンス？

「ナオ。俺には、おまえしかいないんだ」

イノセンシオがこちらを見つめてくる。

「俺の背中にふれても大丈夫なのは、いや、ふれて欲しいのは、おまえただひとりだ」

――あの。あのですね。

「……だめか？」

ナオは、両手を突き出した。

「ストップ。ストップだって。待ってよ。ぼくの言うことも聞いてよ」

うう。照れちゃう。でも、悪デレ、だめ、ぜったい。誤解させてしまう。

ちゃんと、言わないと。

屋根の上で膝を抱えつつ、ナオは白状する。

「あの、イーノといるときに、変な態度を取ってごめんね。それは、いやとかじゃないから」

「じゃあ、なんでだ？　俺になにか悪いところがあったら、言ってくれ。必ず、直すから」

「イーノに直すとこなんて、ないよ。イノセンシオ・オルヴァルとして、いつだって、最高だよ。ぼくが、悪いんだよ。だって、三年経ったらなんか、イーノがかっこよすぎて」

は、恥ずかしいー！　膝に顔を埋めて、もごもご白状する。

「惚れ直すっていうか。いっそう好きになるっていうか」

「おまえ……」

チラッと横目で、イノセンシオの顔を見る。

イノセンシオの翳り(かげ)は払われ、明るさを取り戻していた。そんなに嬉しいのかな。嬉しいよね。好きな人に好きって言ってもらえるのは、いいものだもんね。

そこで、ナオは気がついた。

「そうだ。ぼく、イーノにあれを言ってもらってない」

「あれ？」

「『好き』って。そう言ってくれるって、白獅子団との試合のあとに言ったじゃない」

「俺の気持ちは、わかってるだろう？」

「そうだけど。約束、したよ？」

「ああ、そうだな」

屋根の上だというのに、イノセンシオは立ち上がる。そして、ナオの前にひざまずいた。

「おまえが好きだ、ナオ。最初に会ったときから、おまえといると、俺は、いつでもごきげんだ。おまえは俺の聖乙女だ」

わ、わああ。とうとう、あなたの聖乙女になってしまった。

「おまえといると、力が湧いてくる。俺とともに生きて欲しい」

「うん……うん！」

イノセンシオは隣に来ると身体を屈めて唇を合わせてきた。ごくごく軽い、ふれあうだけのそれ。それなのに、互いの想いが伝わるの、すごい。

イノセンシオに背中に鱗（うろこ）があるみたいに、自分の中にもそういうところがあって、そこが熱くなっている。嬉しがっている。踊っている。

顔が離れたときに、ナオはぼうっとしていたのだが「そういえば」と思い出した。

「弟とか、そういうんじゃないよね。前に、そう言ってた」

イノセンシオは苦々しい顔をした。

「……俺は、あのとき、嘘をついた。おまえだから、したんだ。ブーツの上からだとはいえ、ほかの男がふれたんだと思ったら、腹が立ってしかたなかった。あのときから俺は、おまえを自分のものにしたかった」

「じゃあ、なんで、あんなこと言ったんだよ」

「査問会に知られないためだ。俺が魅了にかかっているんじゃない、おまえに恋い焦がれているだけだと証明できなかったからだ。下手をしたら、『五人の課題』そのものが、その場で終わってしまう」

「でも、言ってくれたら、よかったのに。二人のないしょにして……――」

あ、むりだ。むりですね。ぼくは、この恋心を隠せない。

「そっか」

ぼくのため、か。

イノセンシオもつらかったよね。よしよししてあげたい気分だよ。

「でもさ、あのとき、イーノにだったら、いやじゃなかったんだよな」

イノセンシオはにやっと笑った。

「足を好きなだけ舐めていいんだったな。そのほかのことも」

ぐっと、イノセンシオが身体を傾けてきた。ここ、屋根の上ー！　お天道様が見てるー！

「いいけど。いいけど……！　でも、ちゃんと、洗いたい。だって、イノセンシオには、いちばんきれいで、いいぼくをあげたいんだもん」

イノセンシオの動作が止まった。目を丸くしている。それから、口元を緩めて、じつに、じつに、嬉しげにナオの顎をさすった。

「おまえは可愛いことしか言わないんだな。……――じゃあ、今夜、待ってるからな」

そう言われた。

■35　ひめごと

――じゃあ、今夜、待ってるからな。

それって、それって、そういうことだよね。間違ってないよね。勘違いだったら、恥ずかしいじゃ済まないんだけど。

でも、夕食の席で、イノセンシオは、ふつうだった。通常運転だった。自分だけが肉を皿に落としたり、イノセンシオの顔が見られなかったり、なにを聞かれても「へえ」「ほえ」なんて、間抜けな返答をしていた。

間違っては、いないはず。

ナオは夕食のあと、マーサに「お願い」をした。

「あの、あのね」

「なんでございましょう。ナオ様」

「か、からだを、きれいにしたいんだけど」

「おぐしですか」

「そ、そうじゃなくて。そこもだけど。足の爪の間とか。……全部?」

ああ、今、ふふって笑ったでしょう。笑ったよね。

「そういうことだったのですね。道理で、夕食のとき、だんな様が浮かれていらっしゃったわけですね」

「そうなの?」

自分にはわからなかったけど。……違うな。自分のほうが、うんと緊張していたから、そこまで気づかなかった……——。それだけ。

マーサは優しい顔をしていた。

「それでは、侍女数人と向かいますので」

「お願いします……」

侍女たちに、たっぷりとお湯で洗われ、爪先までできれいに磨かれた。もう、ぴかぴかだ。

「おきれいですよ」

足が悪いのに、わざわざ二階まで来て監督していたマーサが、感無量というように言った。

「えー、またー」

鏡を見る。

――あ、ほんとだ。

ぼく、すごくきれいに見える。今までで、一番、きれいだ。

唇が赤くて。

上気してて。

恋してる顔だ。

「坊ちゃまはお優しい方です。無体なことはなさりません。安心して身をお任せくださいませ」

「うん、わかった」

なんだろ、これ。なんかで見たことがある。

お姫様への初夜の心得……――みたいな。まあ、そうだけど。姫じゃないけど、そうなんだけど。

「え、どうしたの？　マーサ？　泣いてるの？」

「坊ちゃまが、心を許せる伴侶を見つけたことが、マーサには嬉しくて……――嬉しくて、たまらないのです」

マーサは続ける。

「坊ちゃまはこちらに来てからずっと、常に、自分が他の者を傷つけることを恐れておいででした。けれど、誰も傷つけずに成長するなどということが、果たして人間には可能なのでしょうか。そう、マーサは思うのですよ」

「これから、ぼくがいるよ！」

ナオはためらわずに言った。そう言うと、マーサは泣くのをやめて、微笑む。すてきな笑顔だった。

「ええ。なによりでございます。イノセンシオ様が国王にならなかった理由の一つには、ナオ様のことがあったからでしょう。王には、跡継ぎを作り、次代の教育をするという役目もございます。いつか目覚めるナオ様のために、不実なことはしたくなかったのでしょう」

――うー、イーノぉー！

どんだけ、待ってくれたんだろう。

ぼくのために、どれだけ尽くしてくれたんだろう。

ぼくも、あなたに尽くしたい。あなたの笑顔がもっともっと見たいんだ。

侍女とマーサが去って行った。

レースの夜着をまとった自分がいるだけだ。わー、どきどきしてきた。

でも、ちゃんと、行かなくては。

もう一回、きちんと自分を姿見で確認した。にこっと笑う。

「うん、大丈夫」

自分史上、最高に可愛いから。

「はー、ふー」

室内履きのモカシンを履いて、そっと、隣にあるイノセンシオの部屋の前に立つ。

え、どうしよう。

これから、どうなるんだろう。

キスだけであんなにどきどきしたのに。

——心構えが、まだできてないよ。

手をノックする形にしたまま、ナオが固まっていると、いきなり扉が開いて、中に引き込まれた。イノセンシオに抱きしめられる。彼は、ガウンを着ていた。

「おまえ、いつまで待たせるんだ。朝になるかと思ったぞ。こんなに冷えてる」

そう言うと横抱きにされ、ベッドに連れて行かれた。端に腰かけさせられる。イノセンシオは、モカシンを脱がせて足をこすってくれた。

ナオは思っていた。

――この角度。好き。

イノセンシオってまつげが結構長い。きれい。

この人が、好き。

つむじにキスをすると、イノセンシオが、顔を上げる。

目が合う。

ふっと笑われた。

心臓がぎゅーんとなる。

――ああ、ぼく、イノセンシオが笑ってくれると、めちゃくちゃ浮かれてしまう。

顔を覆って、足をバタバタさせる。

「もう、イーノ、かっこいいよ」

「おまえは、可愛いことしかしないのか?」

そう言って、彼もベッドに上がってくる。

「か、かわいいとか。この顔は、アリステラのものだし」

「おまえのものだ。おまえの顔だ。だろ?」

「もう、あんまり、きれいじゃない、けど」

ナオの手の甲を見ていたイノセンシオが目を伏せた。

「そうか?」

ふ、ふわ。

イノセンシオがナオの手を取る。甲に唇を当ててくる。

「俺は、今のおまえの顔がいっとう好きだが」

ぷしゅーっと頭のてっぺんから、魂が抜けていったかと思った。

「息を整えるまで、待って」

「待つぞ。いくらでも待つ。三年、待ったからな。今さらだ」

そうだった。自分は、イノセンシオを長いこと、待たせ続けていたのだ。夢のような大精霊との時間で見た、イノセンシオの顔をふいに思い出した。

ナオが見たことのなかった、この男の陰の部分がそこにはあった。

ぎゅうと、彼に抱きつく。

「嘘だよ。もう、待たなくていい」

あんな顔、させたくない。させないから。そのために、ぼくはここにいるんだから。

「なに、してもいいよ。……して、欲しいんだ」

そんな大胆な言葉が、するりと自分の口から出てきた。

イノセンシオがぐっと身を乗り出してきた。

――キス、される。

キスは鼻に降ってきた。「え?」と、期待をはずされて、目をあけると、イノセンシオは、笑って今度は唇に自分のそれを重ねた。柔らかい、それ。咀嚼されるみたいに、なめらかに動かされて、舌先をふれあわせる。

——嘘。

舌と性器。こんなに、離れている箇所なのに、欲望は入り込んで、あっけなく、ナオのペニスを硬くする。

ゆっくりとベッドに倒される。

夜着の紐がほどかれ、手が入ってきて、腹にふれてくる。なにかを探り当てるように。

耳元に声が吹き込まれる。

「ずっと三年間、おまえの目が覚めたら、こうしよう、ああしようって考えていた」

「もう、イーノってば」

やらしいって言おうと思ったけれど、イノセンシオが生きている間、覚めることがあるかわからないナオを目の前にしていたのだと思うと、切なくてたまらなくなった。

——ごめんね。そんな思いをさせて、ごめんね。

耳から、鎖骨へと彼の唇が動く。頬が顎に擦れ合っている。

手のひらが腹から腰骨へと回り、それからペニスの先に到達した。イノセンシオの指がわずかにうごめく。明確な意図を持って。

「あ、そこ……！」

一瞬、火花が散ったかと思った。全身が震えている。嬉しい、みたいな感覚。達したかと思ったのに、全身を駆け巡った悦楽は、まだ自分の中にある。炎に炙られているみたいに、身体の中心を燃え上がらせている。

「ふ、ああ……」

ガウンの紐がほどけているイノセンシオの背中に、すがるように手を回した。彼の鱗に初めてふれる。ざらついているその部分を優しく撫でる。びくっと彼が反応した。

「は……」

悩ましい顔だった。この顔、好き。

「いたずらっこめ」

そう言って、額を合わせてくる。押し寄せた快楽が、いったんゆっくりと引いていく。指が、胸に絡んできた。

「あ、そこ……！」

だめ。

すごく、弱いのに。それを悟ったイノセンシオが、とても「悪い」顔で、身体をかがめてきた。

彼はナオの胸に舌先をふれあわせる。濡れた音が響く。

「ひ、ひう」

翻弄されて、もう、どうしようもなく身悶(みもだ)える。イノセンシオの指が、ナオの満ちて、溢(あふ)れそうになっている性器を再び撫でた。

せき止められていた奔流が、一気に高まる。限界だった。

つんと、泣くときみたいに、快感が駆け上がってきた。

「んふ……っ！」

こらえようとしたのに、何度も、何度も、抑えようもなく、絶頂は勢いをつけてナオを押し上げ、とうとう、うめくような声をあげて達してしまった。

「は……」

脱力して、身動きできない。

イノセンシオは、ナオの放出したそれを己の指に絡めた。そして、ナオの片足を抱えると、自分のその指を、ナオの足指の間に差し入れた。

「あ、なに?」

ぬるぬるとしたそれが、足の指の間を往復する。さっき達したのに。あっという間に、身体は覚えたての快感を取り戻していく。

「あ、ああ、ああ、そんな。そんなの。初めて」

そうだ。こんなところが感じるなんて、知らなかった。こうされるといいなんて、初めて、知った。

「んん……？」

イノセンシオが満足そうな顔で、足指を口に含んで舐める。自分がこすりつけたナオの精液ごと、舐めとる。

「ああ、ああ、ああ」

ナオは口を開いて、掠れた声を出すだけだ。なんかもう、全部かすんでる。イノセンシオを感じる部分だけが、果てしなく尖って、鋭敏になって、ただそれだけの生き物になった気がする。ナオの足指を舌で清めてしまうと、イノセンシオはナオのかかとにキスをした。

じんじんと、そこからさっき放出した性器までを、官能が走っていった。

彼の舌が、じわりと足の内側を上がってくる。

腿の内側にそって、さらに奥までも舌を沿わせる。

「ん、ん」

二つの身体だったのに、こんなにも、一つになりたがっている。熟れきって、じくじくしている。

イノセンシオの指が自分の入り口にふれる。甘い香りが漂う。彼が指にオイルを垂らしたのだと知れる。

オイルをまとった温かい指が入ってくる。指におしあけられていく。

「ほんとに、おまえは」

おそろしいほど、ほかに代えがたいほど、この世界よりも愛する相手を持ってしまった。

その幸福と畏怖(いふ)に満ちあふれた表情で、イノセンシオは言った。

「どうして、こんなに、どこもかしこも、愛しいんだ……——」

決まってる。

「イーノのものだから」

そう言ってやると、イノセンシオは泣きそうな顔で笑った。そのくせ、指は慎重ながらも動きを速めて、彼のはやる情欲を伝えてくるのだ。

「もう、だいじょぶ……」

イノセンシオが、こちらを見つめた。彼に、足を押しあけられる。ひたと入り口に彼のペニスがつけられた。目が合って、互いに笑いたいのだか、泣きたいのだか、わからない顔になる。

彼が、中に入ってくる。

大好きな吐息のつき方をしながら。

「ふ……っ」

「あ、ああ……」

イノセンシオはナオの身体を軽く揺するように、注意深く身体を埋めてくる。

──入った……。

ふっとナオが安堵したとき、すごく、いいところにつきあたった。秘めておこうと思ったのに、こんなに近くにいて、わからないわけがない。そこを何度も、彼のペニスで強く、速く、弱く、ゆっくり、撫でられ、突き上げられて、ナオは身体がとろけるという感覚を生まれて初めて味わう。

「そこ、いい……」

自分の身体が喜んでいる。きゅうっと引き絞って、イノセンシオをもてなしている。

イノセンシオが身体を回した。

「あ、あ、あ、あ」

そんな、こと、されたら。そこで、そういう動き方、されたら。

とけちゃう。とけて、なくなっちゃう。

「もう、もう、ぼく……──！」

突き上げられるような絶頂の寸前に、深く身を折り、イノセンシオが唇を合わせてきた。舌が入り込んできて、自分の自由を奪う。

──ああ、なに、これ……！

体内で、イノセンシオが達する。

全身に快感が広がり、そのすべてが、いっせいにはじけた。

力が抜けた。

イノセンシオの身体がナオの上に崩れ落ちる。

互いの汗が混じる。

顔が近い。

よくできましたというように、イノセンシオが、笑みを含んだ指使いで、頬を撫でてくれた。

ナオは、言った。

「ひとつだね」

その意味を、込めた想いを、イノセンシオは正確に受けとめてくれた。

「ああ」

彼は、ふれるほどに唇を寄せ、言った。

「やっとだ」

「うん！」

ナオが抱きついたので、唇が合わさった。

こんなにすてきなことが、この世にあるだろうか。誰よりも好きな人の、一番奥にふれて、快楽をともにする。それがこんなに素晴らしいのを、初めて知った。

ぐちゃぐちゃになったベッドシーツを手早く交換し、イノセンシオはバスルームでナオの身体を清めてくれた。

「ごめんね。なにがなんだかわからなくなっちゃったよ」

「何を謝ることがある？　おまえは、すべていい。ぜんぶかわいい。どこもかしこもきれいだから、くだらん心配するな」

そう言ってナオの身体を拭いてくれるイノセンシオは、どこか誇らしげだ。

「あの。立てるようになったら、自分で洗うから」

「いいから、させろ。俺がやったことだからな」

宰相様にこんなことをさせて、いいのだろうか。でも、嬉しそうだから、いいか。ぼくも、イノセンシオなら、安心できるし。


きれいになったベッドにもぐりこむ。横に入ってきたイノセンシオがしみじみとこちらを見ている。

「なに？」

「俺は、おまえを、誰にも渡せない。それでも、いいか」

なに、今さら言ってるんだろう。

「もちろんだよ。ずっといっしょだね」

「そうだ」

イノセンシオは言った。

「ようやく、俺は居場所を手に入れたんだな」

「ぼくと同じだね」

イノセンシオは笑う。笑ってくれると、ナオは嬉しくなる。

「そうだな」

また、キスが降ってきた。

キスは、何回してても、いいものだった。

さっき、達したときにしたような、すべてを奪われるキスも、今みたいに「おやすみ、だいすき」みたいなキスも。

——これからも、たくさん、たくさん、いろんなキスをしようね。毎日、しようね。

そう心中で唱えながら、ナオはゆっくりと眠りに落ちていった。

■エピローグ

ナオがイノセンシオと初めての夜を迎えてほどなくして、オルヴァル邸と精霊宮の間に転移陣が設置された。

この世界でナオしかできないこと、すなわち大精霊と人間とのあいだに立つ、その訓練のためだ。

大精霊の声を聞く訓練とは、どのようなものかとナオは思ったのだが、精霊やこの世界の魔法に関する理論体系、心を整える瞑想や呼吸法、さらには精霊が喜ぶという歌や踊りを習ったりした。もっとも、最後の歌や踊りというのは、ヴィエナの趣味かもしれない。

休憩時間に、階段に腰かけて外の木々を見ていると、ひょいとヴィエナが顔を出した。

「なにしてるの？」

この人って、なんだかいたずらっ子みたい。

精霊王だし、ずっと年上だし、めちゃくちゃ魔法に詳しいみたいだけど、でも、子どもっぽいんだよね。

彼女は言った。

「恋をしているんだね。人間は、愛する者を持ったときに輝くよね」

「ヴィエナさんは……」

恋をしたことがあるのかと聞くのも野暮だし、失礼だし、あと、なんとなく、彼女らしくない気がした。途中で止めてしまったのだけれど、彼女はナオがなにを聞こうとしたのか、わかったらしい。

「私は、恋をしたことはないよ。エルフは長命だからね。めったに誰かに固執したりしない」

「そうなんですね……」

そう言われてみると、いつかイノセンシオが言っていたように樹木に近い気がする。この、金葉樹みたいな、うつくしい樹。

「ん?」

そうは言っても、樹木は定期的に花をつけるよね。あれが恋だとしたら、樹木より、むしろヴィエナさんは石に近いのかな。宝石みたいな、輝いている石。

そういえば、金葉樹。

あの木は、ナオが精霊宮に通うようになってから、ずっと咲きっぱなしだ。そして金葉樹の根元に立つと、大精霊の息吹(いぶき)を感じるのだ。

「でもさ、ほんとにきみの目が覚めてよかったよ」

まじめな顔でヴィエナはそんなことを言った。

「きみは、大精霊と楽しいピクニックをしてたと思うけど、イノセンシオのほうがね。思い詰めてたからね。さすがの私でも、あれは茶化せないよね」

「そんなに?」

「うん。だって、自分がいなくなったあとのことをよろしくって言うんだよ」

もう目が覚めないかもしれない。そんな相手をずっと待ち続けていたのだ。

イノセンシオ。

「ううう」

かわいそう。

かわいそうすぎる。こんなに大好きなぼくがいなくなって。いつ目覚めるかもわからないなんて。

そう思ったら、ある衝動が湧き出て止まらなくなった。

「ああ、早く帰って、イノセンシオを甘やかしたい」

ぎゅうってしたり、好きだって言ったり、髪にさわらせたりしてあげたい。

一刻も早く会いたい。

そう思ったときに、ぽんとモカがやってきた。イノセンシオの伝言を伝えてくる。

「今日、これからそちらに行く。馬はそこに置いていっしょに帰ろう」

ヴィエナさんが嘆いた。

「えー、またあ？　うちは、馬の預かり所じゃないんだけど」


ほどなく、イノセンシオが到着した。

「少し時間ができたから、顔を見に来た」

「ぼくもイーノを甘やかしたかったから、ちょうどよかったよ」

イノセンシオは笑う。

「どうやって甘やかしてくれるんだ？」

「こっちに来て」

ヴィエナから柔らかな素材でできた敷物を借りて、イノセンシオを金葉樹の下までいざなった。

敷物の上に正座すると、ぽんぽんと膝を叩く。

「ここに頭を乗せて寝て。膝枕ってやつだよ」

「ほう？」

イノセンシオが、横たわる。顔がよく見える。その頭を撫でつつ、ナオは彼をねぎらう。

「今日もお仕事、お疲れさまでした」

「これは……いいな」

「でしょう」

ナオは嬉しくなる。イノセンシオは言った。

「なあ、ナオ。今はまだ、宰相の仕事が忙しいけれど、信頼できる者に職を譲れたら、この世界（ユングバース）をくまなく回らないか」

「いっしょに？」

「もちろんだ」

「いいね！」

ＳＮＳに速攻で反応する人の勢いで、ナオは言った。

「ナオ。いろんなところで、『そろきゃん』しよう。二人で」

「うん！」

エール王国は温暖な森林地帯が多いが、ほかの国では砂漠の王城、寒冷地の氷の神殿、伝説で語られるような大樹林があるという。

大精霊とあちこちをさまよっていた記憶はあるのだが、すでにかなりおぼろげだ。この身体で、経験したい。しっかり覚えておきたい。

「俺たち二人なら、どこにだって行けるさ」

「そうだね。楽しみー」

「少し……眠くなってきたな……」

「いいよ。掛け布も持ってきたから。風邪を引かないように、こうしてあげるね。おやすみ」

ナオは浮き浮きと彼に布をかけてやり、目を閉じた顔を見る。いつも、自分は彼に寝顔を見せるばかりだったから。なんだか、新鮮だ。

孤独で気高（けだか）い獣を飼い慣らした気持ち。

「ぼくの。これ、ぼくの好きな、かっこいい人だから」

そう、金葉樹に語りかける。

モカとユキもかたわらにいる。

金葉樹の木漏れ日は輝き、二人の上に花を撒く。あの、ナオが目覚めた翌日の凱旋パレー

ドのように。
馥郁とした香りが漂う。
幸せか？　ってささやかれている気がする。
——うん。幸せだよ。
ようやく、自分になれたんだ。
そんな自分が大好きって人に会えたんだ。
最高だよ。ありがとう。
ナオは、すべてに感謝を捧げた。

あとがき

エール王国にようこそ！

ナツ之えだまめです。


作中では、プラムベリーの食べ過ぎで、ナオがお腹が痛くなりますが、私、ナツ之えだまめは、賞味期限をはるかに過ぎた納豆を食して、たいへんなことになりました。教訓・食べ過ぎ注意、そして、賞味期限は守りましょう。


さて、今回のお話はですね。「次は、悪役令息でどうでしょう」と担当様から打診があったときに、流れで「転生してきた主人公は善性の強い子に」みたいな話になりました。でも、そういう人がいきなり美少年になったら、嬉しいものだろうか。きれいな顔でモテモテになったら「ラッキー」ってなるかなって、引っかかりまして。

おそらく、戸惑うし、できるだけ、影響をなくしたいと思うんじゃないかなあ。というところから、話を広げていきました。

イノセンシオは、主人公であるナオの善性を、深く愛する男にしようと決めてました。最初は、冷たい無垢な男だったのです。だから、名前がイノセンシオ（innocenceから）なんです。でも、ナオとコンビを組んだときに、そういうタイプだとうまく絡まないので、もっと人間味のあるタイプに変更していき、今のイーノになりました。

この二人、スキンシップが多いですね。気を抜くと抱き合ってる。

イラスト指定する際、ともすると二人が抱き合っているので、わざとそれを避けることになりました。イノセンシオは、ああ見えて人恋しい男なんでしょうね。もう、ナオが可愛くてたまらない。ずっとくっついていたい。

ナオは、素直だから。

イノセンシオが言っていたように、素直さとは、才能です。もしくは、訓練して会得するものです。自分が何を感じているのかを、速攻理解して伝えられるというのは、ものすごいアドバンテージだと思うのです。


今回のイラスト、華やかですよね。声を大にして。

「亀井先生、ありがとうございました！」

最初に口絵をいただいたとき、その破壊力にうちのめされました。自分で文章を書いているときには「ふふっ」くらいだったんですが、亀井先生の華麗な筆致で絵にしていただくと、なんというのか……「とにかくすごい！」です。言葉を失います。

おかしいやら、美しいやら、萌えるやら。どうしていいのかわからず、あたりをぐるぐるしてしまいました。

それにつけても、主役の二人、超ゴージャス！　ですね。

野性的なイケメンと、絶世の美少年。絵のあるページが、どれもまぶしいです。


担当様。

改稿のときには、ほんとにお世話になりました。這いつくばってとってきました。おつきあい、ありがとうございます。でも、次こそ、初稿でOKをもらえる私になりたいです。夢。いや、がんばります！


そして、読者の方々に、改めて御礼を。読んでいただいて、ありがとうございました。自分の中にお話が満ちて、書いて、読んでもらって、引いてゆき、そうしてまた満ちる。そのようにして、書き続けてこれた気がします。

次も、楽しんでいただける小説を目指しますよ。

また、物語でお目にかかりましょう。

ナツ之えだまめ

✦初出　悪役令息ですが竜公爵の最愛です……………書き下ろし

ナツ之えだまめ先生、亀井高秀先生へのお便り、本作品に関するご意見、ご感想などは
〒151-0051 東京都渋谷区千駄ヶ谷 4-9-7
幻冬舎コミックス　ルチル文庫「悪役令息ですが竜公爵の最愛です」係まで。

幻冬舎ルチル文庫
悪役令息ですが竜公爵の最愛です

2023年5月20日　第1刷発行

✦著者	ナツ之えだまめ　なつの えだまめ
✦発行人	石原正康
✦発行元	株式会社 幻冬舎コミックス 〒151-0051 東京都渋谷区千駄ヶ谷 4-9-7 電話 03(5411)6431［編集］
✦発売元	株式会社 幻冬舎 〒151-0051 東京都渋谷区千駄ヶ谷 4-9-7 電話 03(5411)6222［営業］ 振替 00120-8-767643
✦印刷・製本所	中央精版印刷株式会社

✦検印廃止

ISBN978-4-344-85233-4　C0193　Printed in Japan